그래도 우리의 나날

SAREDO WARERA GA HIBI
by SHIBATA Sho

Copyright ⓒ 1964 SHIBATA Sho
All Rights Reserved.

Original Japanese edition published by Bungeishunju Ltd.,Japan 1964.
Korean translation rights in Korea reserved by Munhakdongne Publishing Corp. under
the license granted by SHIBATA Sho, Japan arranged with Bungeishunju Ltd., Japan
through Eric Yang Agency, Inc., Korea.

이 책의 한국어판 저작권은 에릭양 에이전시를 통해
일본 Bungeishunju 출판사와 독점 계약한 (주)문학동네에 있습니다.
저작권법에 의해 한국 내에서 보호를 받는 저작물이므로
무단 전재와 무단 복제를 금합니다.

이 도서의 국립중앙도서관 출판예정도서목록(CIP)은
서지정보유통지원시스템 홈페이지(http://seoji.nl.go.kr)와
국가자료공동목록시스템(http://www.nl.go.kr/kolisnet)에서 이용하실 수 있습니다.
(CIP제어번호: CIP2018037319)

잘못된 책은 구입하신 서점에서 교환해드립니다.
기타 교환 문의 031) 955-2661, 3580

그래도
우리의   나
                날

시바타 쇼 장편소설   권남희 옮김

されどわれらが日々——

문학동네

차
례

그래도 우리의 나날

광대   (임금에게) 아이고, 가엾어라,
       임금님께서 배신을 당하셨다니!
       도대체 누가 그런 짓을 저질렀다는
       말씀이신가요?

서장

나는 그 무렵, 아르바이트에서 돌아오는 길에 곧잘 헌책방에 들렀다. 그리고 막연히 눈에 띄는 책을 빼들고 시간을 보냈다. 어떤 때는 삼십 분이고 한 시간이고 책등만 보며 멍하니 서 있었다. 그럴 때, 나는 제목을 읽기보다는 오히려 누레진 종이며 색 바랜 글씨, 닳은 귀퉁이나 손때 묻어 생긴 얼룩, 혹은 그 책이 가진 그늘 같은 것을 보았다.

그것은 무의미한 시간 죽이기였다. 그렇지만 우리가 하는 일 중에 시간 죽이기가 아닌 일이 뭐가 있을까. 게다가 나는 나름대로 애서가이기도 했다.

어느 헌책방이든 가게 앞에는 한 권에 20엔 정도 하는 균일가 책이 한 무더기 쌓여 있다. 나는 그런 책을 살 마음도 없이 곧잘 손에 들었다. 지저분하고 초라해진 책들을 한 권 한 권 구경하다보면 '육아법' '피임법' 혹은 '혁명과 투쟁' 같은 제목 속에 이따금 영문학을 전공하는 대학원생인 나조차 알 수 없는 영문학 분야의 오래된 번역서가 섞여 있다. 옮긴이도 대부분은 모르는 사람이었다. 나는 그런 책을 들고 본문보다 옮긴이 후기를 먼저 읽는다. 후기 대부분은 아직 잘 알려지지 않은 그 책을 국내에 소개하는 것이 얼마나 의미 있는 일인지 조금 격앙된 어조로 역설한다. 그 책은 그 사람 평생에 유일한 번역서였을지도 모른다. 아마 그래서 후기도 조금 흥분한 어조일 것이다. 그런데 그가 그렇게 기대하고 낸 책도 사람들에게 거의 알려지지 못한 채 변두리 헌책방 균일가 책 속에 처박혀 있다.

특별히 그런 후기를 나무랄 생각은 없다. 그 거만한 표현, 일본의 편향된 문학관을 지적하는 학자다운 중후한 어조에서는 기묘하게도 아이 같은 기쁨, 인생의 중대사가 걸려 있다는 흥분에서 오는 의식하지 않은 쾌활함이 느껴진다. 그것은 예전에 내 친구였던 한 여학생이 자살했을 때, 그녀의 친구들이 그 죽음을 슬퍼하면서 무의식중에 보였던 쾌활함, 혹은 기쁨이라고 해도 좋을 어떤 것과 비슷했다. 하지만 번역자가 책을 내는 일은 역시 중대한 일이다. 그들은 그 책으로 인해 조금쯤 흥분하고, 쾌활해져도 좋을 당연한 권리를 갖고 있다. 삶이 결국은 갖가지 시간 때우기의 퇴적이라면, 틈틈이 몰두할 수 있는, 혹은 몰두한 척할 수 있는 일이 있는 것은 나쁘지 않다. 나 또한, 하고 지저분해진 헌책

사이에 선 채로 생각했다. 나 또한 앞으로 반년만 지나면 지방 대학의 영어 강사가 되어, 번역서도 한 권쯤 낼 것이다. 그때는 나도 마찬가지로 조금 흥분해 옮긴이 후기를 쓰고, 그리고 잠시 행복해할 테지.

제1장

　어느 찬비 내리는 가을 저녁 무렵, 나는 교외에 있는 K역 옆 헌
책방에 들렀다. 그달 마지막 아르바이트에서 돌아오는 길이었다.
　평소처럼 아무 생각 없이 헌책을 둘러보다가, 책꽂이 위쪽 칸
에서 아직 새것 같은 H전집을 발견했다. 그것은 바로 지난달인가
지지난달에 완결된 전집이었다. 별로 읽히지 않는 H의 전집은 흔
하지 않은 만큼 값도 비쌌다. 신간이 바로 헌책방에 나오는 것이
드문 일은 아니다. 그러나 상당한 애착을 가진 사람이 아니면 애
초에 사지 않았을 H전집이 출간된 지 한 달도 지나지 않아 헌책
방 책꽂이에 꽂혀 있다는 것은 역시 조금 기이하게 느껴졌다.
　나는 H전집에서 한 권을 빼 가격을 보았다. 꽤 쌌다. 살까 생각
했다. 정가의 3분의 2도 안 되는 가격이긴 했다. 그러나 내가 가
진 돈으로는 부족했다. 나는 그때, 그날 받은 그달 치 아르바이트

비를 갖고 있었고, 전부 책 사는 데 써도 좋을 돈이었지만, H전집은 그보다 갑절 가까이 되는 가격이었다.

나는 헌책방에서 책을 보는 건 좋아했다. 그러나 어떤 책을 그저 그 책의 매력에 이끌려, 어떡하든 손에 넣어 꼭 내 것으로 만들고 싶다는, 이른바 애서가들의 집념 같은 것은 없었다. H전집도 전부터 갖고 싶긴 했지만, 한 권씩 사도 비싸서 굳이 살 마음은 들지 않았다.

그런데 지금 그 새책을 손에 들고 헌책방의 낡은 책꽂이, 무너질 듯한 책더미 사이에 우두커니 서 있는 나는 뭔가 기묘한 기분에 사로잡혔다. 그것은 H전집이라기보다는 그것이 한 질이라는 점, 내 앞에 꽂혀 있고 내 손에 들려 있는 한 질이, 혹은 그 한 질이 가진 일종의 기이한 분위기가 내 마음에, 아니 내 존재 자체에 휘감겨드는 기분이었다. 그 기이한 분위기는 줄줄이 꽂힌 지저분하고 낡은 책과 새책인 H전집의 이상한 대비로 생겨난 것이긴 했지만, 단지 그것만으로 다 설명할 수 있는 것이 아니었다. H전집이 거기에 있다는 것—별로 특별하지 않은 H전집이고, 별로 특별하지 않은 헌책방이었지만—그 H전집이 그곳에 있다는 사실은 단순히 새책과 헌책의 대비 문제가 아니었다. 거기에 있는 H전집의 존재 그 자체가 어떤 기이함으로 나에게 다가왔다. 그것은 내 존재가 거의 의식하지 못하는 뿌리에 엉겨 떨어지려 하지 않는 것 같았다. H전집을 내가 사리라는 것은 이미 부동의 사실이 되었다. 나는 내 의지에 반하는 일을 억지로 해야 하는 답답한 마음으로 계산대 쪽을 보았다.

내가 H전집값을 절반 낼 테니, 나머지 열 권을 다음달까지 잘 챙겨달라고 부탁했을 때, 말수 적고 무뚝뚝한 헌책방 주인은 안경 너머로 내 얼굴을 말똥말똥 보더니 "좋소이다"라고 했다. 그리고 입속말로 반쯤 중얼거리듯이 덧붙였다.

"이런 책을 사자마자 파는 사람이 있는가 하면, 당신처럼 무리해서 사려는 사람도 있구려."

나는 그 말이 묘하게 마음에 걸려서 물어보았다.

"이걸 판 사람은 어떤 사람이었습니까?"

주인은 한번 더 내 얼굴을 빤히 보더니 "헌책 시장에서 사와서 그런 건 모르죠"라고 차갑게 대답하고 입을 다물었다.

밖으로 나오니 비는 여전히 내리고 있었고, 그 차가움은 양복 깃이며 소매 사이로 들어와 피부에 집요하게 달라붙었다. H전집을 사버리자 왠지 불안한 기분이 들었다. 나는 등에서 온몸으로 퍼지는 오한을 견디면서 족히 한 시간은 걸려 하숙집으로 돌아왔다.

비는 얼마 안 가서 그쳤다. 그뒤로 며칠 하늘이 탁 트인 듯이 파랗고 화창한 날이 이어졌다. 토요일에도 여전히 좋은 날씨였다. 창을 열자 산뜻하고 서늘한 공기가 방안으로 흘러들어왔다.

나는 조금 행복했다.

토요일은 세쓰코가 오는 날이었다. 세쓰코는 내 약혼자였다. 우리는 다음해 4월, 내가 대학원 석사 과정을 수료하면 결혼할 계획이었다. 취업은 F현의 F대로 내정되었다.

세쓰코는 영어와 타이핑, 그리고 약간의 프랑스어가 가능해서 번역자 겸 타이피스트로 어느 무역회사에 근무했다. 결혼하면 세쓰코는 그곳을 그만두고 F현에서 영어 선생 자리라도 찾을 생각이었다. 우리는 굳이 결혼을 서두르지 않았지만, 그렇다고 너무 미룰 생각도 없었다.

우리는 서로 사랑했을까. 그건 모르겠다. 보통의 연인들처럼 사랑하지는 않았을지도 모른다. 다만 우리는 서로에게 호감을 느끼고 있었고, 잘해나갈 수 있을 거라 믿었다. 적어도 나는 우리 사이를 그렇게 생각했다.

세쓰코는 내 먼 친척뻘이다. 부모님들이 서로 마음이 잘 맞아 친하게 지내서, 나와 세쓰코는 어릴 때부터 사촌 오누이처럼 지내왔다. 하지만 자라면서 우리 두 사람은 특별히 마음이 잘 맞는 사이는 아니란 것을 깨달았다. 예전의 세쓰코는 지금과 달리 기가 센 성격이었다. 나도 그렇게 얌전한 편은 아니다. 그러나 세쓰코가 가진 무엇인가가 내게는 부족했던 것 같다. 우리는 중고등학교 시절, 휴일이면 서로의 집에 오가는 막역하고 친한 사이였지만, 서로가 상대의 속으로 깊이 들어가는 일은 절대 없었다.

내가 도쿄 대학교에 합격해서 상경한 해, 세쓰코는 고등학교 3학년이었다. 다음해 세쓰코는 도쿄 여자대학교에 들어가 이듬해에 영문과로 전과했다. 그러나 나는 세쓰코의 집인 사에키가家에 별로 찾아가지 않았다. 사에키가 사람들을 싫어하지는 않았다. 그래도 찾아가는 건 귀찮았다. 나는 세쓰코에게 계속 호감을 느끼고 있었지만, 사에키가의 일원인 세쓰코보다는 다른 여자친구를 사귀는 게 마음 편했다.

그렇게 해서 나는 교양학부가 있는 고마바 캠퍼스에서 낙제 일년을 포함해서 삼 년, 혼고 캠퍼스에서 이 년을 평범한 학생으로 지내고 대학원에 진학했다. 전공은 영문학이었다.

그동안 연애를 하지 않았다고 하면 거짓말일 것이다. 연애를 할 때, 나는 대부분 진지했다. 그러나 내가 진지하면 할수록 내 연애는 언제나 진지한 연애가 되지 않고 정사情事 같은 것이 되어갔다. 한때는 내 정사를, 이건 정사가 아니라 진짜 연애다, 라고 믿기로 했고, 또 어느 정도 그런 마음이기도 했다. 하지만 여자들은 내가 그녀들을 결코 정말로 사랑하지 않는다는 것, 사랑하지 못한다는 것을 민감하게 깨닫고 내게서 떠나갔다.

대학원에 들어가던 해 봄, 합격을 축하한다고 초대해준 세쓰코네 집에서 세쓰코와 결혼하지 않겠느냐는 뜻을 넌지시 비추었다. 세쓰코에게는 이견이 없다는 듯한 말투였다. 나는 그런 얘기보다도 오랜만에 주의깊게 본 세쓰코가 전과는 확실히 다른 느낌이 드는 데 마음이 끌렸다. 편안한 웃는 얼굴, 조금 어른스러워지긴 했지만 여전히 소녀다운 상냥함, 이따금 보이는 고집, 그런 것은 전혀 변함이 없었다. 그런데 그때 세쓰코에게는 어딘지 모르게, 그러나 분명히 모든 일에 자포자기한 느낌이 들었다. 전에는 절대 없었던 일이다. 세쓰코를 잘 모르는 사람이라면 그 변화를 알아차리지 못할 것이다. 만약 알아차린다 해도 고집스러운 면이 있던 아이가 이제 자신에게 연연하지 않게 됐나보다 하고, 좋은 변화로 생각할 것이다. 세쓰코는 자포자기한 만큼 남들에게 부드러워졌으니까. 그러나 나는 세쓰코를 잘 알았다. 세쓰코는 괴로워하고 있었다.

대학에 입학한 세쓰코는 여자대학교의 역사연구회 회원이 되어, 당시 학생모임 중에서도 가장 좌익이라고 알려졌던 도쿄 대학교 역사연구회와의 합동연구회에 참여했다. 나도 한두 번, 고마바 캠퍼스에서 세쓰코와 만나 선 채로 얘기를 나눈 적이 있다. 세쓰코는 어떤 때는 즐거워 보이고, 어떤 때는 지쳐 보였다. 또 연구회 활동뿐만 아니라, 실제 학생운동과도 무관하지 않았던 것 같다. 내가 다른 평범한 학생과 마찬가지로 무엇이든 경험이라 생각하고 나갔던 한두 번의 데모 때도, 도쿄 여자대학교의 몇 안 되는 조촐한 시위대 속에 세쓰코가 있었다. 나는 그렇게 여러 활동을 하는 세쓰코가 연애를 하지 않을 리 없다고 생각했다. 내가 아는 세쓰코는 여러 남학생과 어울리면서 좋아하는 상대를 한 명도 찾아내지 못할 사람이 아니었다.

그러나 나하고의 결혼 이야기가 나왔을 때, 세쓰코는 대학을 마치고 취직을 하기로 한 상태였다(내가 대학교를 오 년 다녀서 졸업은 같이했다). 이제 학생운동에는 관심을 두지 않는 것 같았다. 애인도 없는 것 같았다. 나는 세쓰코만 나를 받아들여줄 마음이 있다면, 세쓰코와 결혼해도 좋겠다고 생각했다. 우리는 연애, 혹은 연인처럼 사랑하는 것은 못할 것이다. 그건 어쩔 수 없는 일이다. 하지만 우리는 서로에게 호감을 갖고 있다. 우리는 잘해나갈 수 있을 것이다. 대학에 들어가자마자 바로 서로에게 빠져서 결혼하는 경우보다 훨씬 잘해나갈 수 있을 것이다. 나는 그렇게 생각했다.

그날 세쓰코는 한시 반쯤 왔다. 세쓰코네 회사가 있는 오테마치의 빌딩에서 내 하숙집이 있는 서북쪽의 교외까지는 족히 한 시간이 걸렸다. 지하철로 이케부쿠로역까지 와서, 거기서 사철을 갈아타고 N역에 온다. N역 주위에서 내 하숙집 근처까지는 최근 이삼 년 동안 주택이 줄줄 늘어서기 시작했지만, 아직 간간이 한가롭게 논밭이 펼쳐져 있다. 세쓰코는 N역에서 그곳을 지나 버스를 타고 내 하숙집에 왔다.

우리는 일주일에 두 번 만났다. 매주 화요일 밤에는 아르바이트에서 돌아오는 길에 내가 세쓰코네 집으로 갔다. 그것은 사에키 숙모의 희망사항이었다. 토요일에는 영화를 보러 가기도 하고 하숙집에서 종일 보내기도 했다. 우리는 외출을 상당히 싫어하는 편이었다.

그날도 우리는 나가지 않았다. 그리고 언제나 둘이 하숙집에 있을 때와 같은 방식으로 시간을 보냈다. 저녁 무렵 세쓰코는 솜씨 좋게 간단한 저녁식사를 준비했다.

낮 동안 화창했던 하늘에 저녁 무렵부터 검은 구름이 낮게 깔리더니 꽤 세찬 바람이 2층에 있는 내 방을 흔들고, 주위에 펼쳐진 논밭을 빠져나갔다. 바람이 불 때마다 넓은 논밭 가득 흙먼지가 피어오르고, 약간 남은 햇빛에 그 어슴푸레한 그림자를 드리우며 이동해갔다.

내가 창 너머로 바깥을 바라보면서 셔츠 단추를 채우고 있는데, 채소를 볶던 세쓰코가 내 어깨 너머로 말했다.

"나, 이렇게 평생 당신 밥을 해줄 수 있을까."

세쓰코의 목소리는 조금 우울하게 들렸다.

"전업주부가 싫다면 평생 일을 해도 괜찮아."

나는 그렇게 대답하면서 너무 무성의했나 생각했다. 세쓰코에게 다정하게 대하려고 하면 꼭 이렇게 돼버린다.

"아니야. 역시 내가 해주는 게 좋겠어. 맛있는 것 많이 해줄게."

세쓰코는 나의 무성의한 대답에 화도 내지 않고 세쓰코답게 부드러운 어조로 말했다.

우리는 어지간해서는 고집을 부리지 않았다. 되도록 상대에게
다정하려고 했고, 또 실제로 다정했다. 고집을 세우고 다정함을
희생해서까지 지켜야 할 무엇을 우리는 갖고 있지 않았다.

　세쓰코는 채소볶음을 접시에 담으면서 문득 덧붙이듯이 말했다.

　"다만 말이야……"

　"다만 뭐?"

　세쓰코는 잠시 생각하는 듯했다. 그러나 바로 "아냐, 아무것도
아니야" 하고 작게 고개를 저었다.

　식사가 끝난 뒤 세쓰코는 다리를 펴고 편안히 앉았다. 밥상에
턱을 괴고 내 가슴팍을 무심히 보면서 말했다.

　"요코가와 씨 말이야. 들켰나봐."

　"누구한테?"

　"선생님 사모님한테."

　요코가와는 세쓰코와 책상을 나란히 하고 있는 회사 동료였다.
세쓰코와 같은 해에 도내에 있는 대학 불문과를 나와서 혼자 사
는데, 대학교 때 주임교수와 특별한 관계라고 했다. 그 교수의 얼
굴은 나도 잡지에서 본 적이 있지만, 별로 눈에 띄지 않는, 말하
자면 궁상맞은 분위기의 사람이었다. 아직 상당히 소녀다운 구석
이 남아 있는 요코가와 가즈코가 어째서 교수와 그런 관계가 됐
는지 제삼자인 나로서는 도무지 상상할 수 없었다.

　"선생님 댁으로는 전화도 편지도 안 되고, 연구실에는 목소리

도 필체도 알려져 있어서 더 곤란하다고."

세쓰코는 찻잔을 두 손으로 감싸듯이 들고 조심스레 돌리면서 말했다.

"그래서 내게 자기 대신 연구실에 전화를 걸어달라고 부탁하는데, 거절할 수도 없어서 어제 점심시간에 걸어주었거든. 선생님이 받았을 때 바꿔주었더니, '선생님, 저예요' 하고 울먹이더라고. 옆에 있기 그래서 바로 자리를 비켜줘서 그다음은 모르겠는데, 오늘은 일 끝나자마자 바로 뛰어나가더라."

나는 언젠가 갔던 신주쿠 튀김요릿집 일을 떠올렸다. 신주쿠에서도 좀 고급스러운 가게였는데, 추리소설 번역 일로 약간의 돈이 생긴 나는 생일 축하도 겸해서 세쓰코를 그곳에 데리고 갔다. 그런데 자리에 앉고 보니 젊은 커플은 우리뿐이고, 주위에 앉은 손님이나 안쪽 방에 드나드는 손님이나 죄다 예외 없이 중년 남자와 젊은 여자, 그것도 과장급 회사원과 여사무원 분위기의 조합이란 사실을 깨달았다. 남자들은 자연스러운 얼굴이었지만, 젊은 여자들은 말똥말똥 혹은 흘끔흘끔 한결같이 우리를 의식하며 질투 어린 시선을 보냈다. 세쓰코는 그 시선을 느끼고 피하듯이 내게 몸을 기댔다. 나는 그녀들이 행복하지 않다는 것, 그리고 우리를 행복하다고 생각한다는 것을 느꼈다. 사실 그때의 세쓰코는 정말로 행복한 것처럼 보였다. 아니면 세쓰코는 정말로 행복했을까.

"요코가와 씨, 딱하네."

나는 세쓰코에게 말했다.

"딱하지, 그야. 다만……"

"응?"

세쓰코는 아직 천천히 찻잔을 흔들고 있었다.

"있잖아, 우리는 정말로 평온한 거지?"

"우리 두 사람이 그걸 바라니까."

세쓰코는 찻잔 속에서 천천히 흔들리는 액체를 바라보면서 한동안 입을 다물었다. 이윽고 세쓰코는 찻잔을 가만히 상 위에 내려놓은 뒤 말했다.

"내가 당신을 만나러 요코가와 씨처럼 미친듯이 뛰어나간 적 있었을까."

나는 상 위에 놓인 세쓰코의 손을 내 손으로 감쌌다.

"신주쿠 튀김요릿집 기억하지?"

"응."

"거기 있던 여자들 전부가 돈 때문에, 그런 비싼 곳에 데려가주기 때문에 나이 많은 남자와 함께 있는 건 아니었을 거야. 요코가와 씨도 선생님을 사랑해서 그렇게 비참하고 불행한 얼굴을 할 때가 있는 건지도 몰라."

"그래서……"

"행복에는 몇 종류가 있는데 사람은 그중에서 자기 몸에 맞는 행복을 골라야 한다고 생각해. 잘못된 행복을 잡으면 그건 손바닥 안에서 금세 불행으로 바뀌어버려. 아니, 더 정확하게 말하자면 불행이 몇 종류인가 있을 거야, 분명. 그리고 사람은 거기서 자기 몸에 맞는 불행을 선택하는 거지. 정말로 몸에 맞는 불행을 선택하면, 그건 너무 잘 맞아서 쉬이 익숙해지기 때문에 결국에는 행복과 분간하지 못하게 되는 거야."

"당신은 너무 똑똑해서 난 당신이 하는 말을 잘 못 알아듣겠어."

세쓰코는 자기 손을 잡고 있는 내 손을 가만히 보더니, 잠시 후 살며시 풀었다. 이번에는 반대로 자기 손으로 내 손을 부드럽게 감싸고, 그걸 바라보면서 이렇게 말했다.

"아까 저녁 준비할 때, 당신한테 계속 밥을 해주고 싶은데 다만……이라 그랬잖아. 내가 무슨 말을 하려고 했는지 알아? 내가 하려던 말은 있지, 내가 당신을 위해 밥을 짓고, 당신이 내가 지은 밥을 먹는 것, 그건 좋아. 다만 왜 내가 당신을 위해 밥을 지어야 하는지 왜 당신이 내가 만든 밥을 먹는지, 그 두 가지의 왜가 같은 건지 다른 건지, 뭐가 뭔지 몰라서 불안할 때가 있다는 거였어."

"남자와 여자가 함께 있다는 것은 그것만으로도 아주 좋은 일일 거야."

나는 달래듯이 말했다.

"그건 그렇지. 하지만,"

세쓰코는 세쓰코답지 않게 그 사실에 연연했다.

"두 가지의 왜가 너무 따로따로면 아무래도 싫어."

세쓰코는 빠르게 말을 끝내더니, 살그머니 일어나 밥상 주위를 돌아서 내게로 왔다. 나는 그 몸을 껴안으면서, 세쓰코가 조금 지친 것 같구나 생각했다. 세쓰코의 몸에서는 약간 열이 나는 것 같았다.

그날 돌아가는 길에 세쓰코는 벽에 걸린 거울 앞에 서서 가볍게 머리칼을 다듬었다. 그리고 문득 거울에 비친 책장을 보며 말했다.

"어머나, 새책 샀네?"

세쓰코는 돌아보며 책장 옆으로 가서 내가 며칠 전에 헌책방에서 산 H전집 한 권을 손에 들고, "깔끔하네" 하면서 별로 흥미 없는 듯이 휘리릭 넘겼다.

"헌책이야."

"그래?"

세쓰코는 책을 덮고 책장에 되돌려놓으려다 갑자기 손을 멈추고, 표지를 펼쳐 속표지를 들여다보았다.

"왜 그래?"

"도장이 찍혀 있어."

세쓰코가 대답했다.

그것은 나도 알고 있었다. H전집에는 모두 장서인이 찍혀 있고, 낙서도 있었다. 하지만 마음에 드는 구절에 가볍게 연필로 줄을 그은 정도였다. 그걸 보고 나는 차분한 미지의 옛날 주인에게 가벼운 호감을 느꼈다.

세쓰코는 그 장서인을 계속 들여다보며 말했다.

"이거 뭐라고 읽을까?"

너무 흘려 쓴 글씨여서 나도 읽을 수 없었다. 그 장서인은 표주박 모양을 한 좀 신기한 도장이었다.

세쓰코는 그래도 그걸 읽으려고 미간을 모으고 입을 조금 내민 채 노려보았다. 세쓰코가 옛날부터 뭔가를 진지하게 생각할 때 자주 보인 버릇이다. 이런 표정은 오랫동안 못 보았는데, 하고 생각했다.

"이 책 빌려가도 돼?"

"그럼."

나는 세쓰코가 그 도장에 연연하는 것이 이상했다. 세쓰코는 퀴즈나 수수께끼를 푸는 데 몰두하는 성격이 아니었다.

"근데 왜?"

"아니, 그냥."

세쓰코는 그렇게 대답했다.

나는 언제나처럼 세쓰코를 집까지 바래다주었다. 밖은 어느새 날씨가 사나워져 있었다. 저녁 무렵부터 불던 바람은 더 세차게 불며 어두운 밭을 지나갔다. 어두운 밤하늘은 반딧불이처럼 어슴푸레 빛나고, 시커먼 조각구름이 어수선하게 흘러갔다. 나는 세쓰코네 집 앞에서 헤어져 돌아왔다.

이틀이 지난 화요일, 나는 세쓰코네 집에 갔다. 세쓰코의 동생들과 함께 시끌벅적한 저녁식사를 마친 뒤, 세쓰코는 텔레비전 앞에 있던 나를 자기 방으로 데려갔다. 숙모는 "세쓰코는 맨날 혼자만 후미오를 독차지한다니까" 하고 투덜거리듯이 말했지만, 우리가 사이좋은 것이 무척이나 기쁘고 안심된다는 모습이다.

그러나 세쓰코가 나를 자기 방으로 데리고 가는 것은 세쓰코다운 자상한 배려로, 내 마음을 헤아려서였다. 나는 사에키가 사람들을 좋아했고, 특히 이미 쉰이 다 되었지만 아직 관공서에서 과장 자리에 있는 사람 좋은 숙부에게는 항상 호감을 느끼고 있었다. 그러나 사에키가 사람들이 숙부를 중심으로 거실 테이블 앞에 모여 만드는 온화하고 단란한 분위기 속에서 나는 언제나 왠지 모를 당혹스러운 기분이 들어, 그 자리에 어울리지 않는 이상한 말을 해버릴 것 같은 불안에 휩싸였다.

좁지만 편안한 세쓰코의 방에서 우리는 앉은뱅이책상을 사이에 두고 앉았다. 두서없는 잡담 끝에 세쓰코가 일어서더니, 책장에서 며칠 전 내게 빌려 간 H전집 중 한 권과 또다른 얇은 책 한 권을 꺼내 두 권 나란히 표지를 펼쳐 책상 위에 놓았다. 그 두 권의 책 속표지에는 똑같이 표주박 모양의 장서인이 찍혀 있었다.

세쓰코의 설명에 따르면 그 얇은 책은 도쿄 대학교 역사연구회 회원이었던 사노라는 학생에게 빌린 것이라 했다. 듣고 보니 장서인의 글씨는 사노라고 읽혔다. 세쓰코는 사노와 벌써 사 년째 만나지 못했고, 주소도 알지 못한다고 했다. 세쓰코는 왠지 갑자기 그 책을 돌려주고 싶어졌다고 했다. 그리고 "이 책, 거의 그냥 준 거나 다름없지만" 하며 다음과 같은 얘기를 들려주었다.

세쓰코의 기억

사노와 세쓰코가 만난 것은 도쿄 대학교 역사연구회와 함께한 합동연구회 자리에서였다. 그는 공산당원이었지만 연구회 발표 자리에서 별로 발언을 하는 쪽은 아니었다. 세쓰코는 그것이 단순히 내성적이어서만은 아니고, 뭔가 호기로운 발언을 망설이게 하는 것이 그의 속에 있는 것 같다고 느꼈다. 한마디로 말해서 그는 세쓰코에게 '특별히 친하지는 않지만, 호감을 느끼던 몇 명 중의 한 명'이었다.

세쓰코가 대학 1학년이었던 가을, 즉, 사노가 2학년일 때였다. 어느 날 세쓰코는 시부야에서 누군가와 약속을 했는데, 두 시간을 기다려도 그 사람이 나타나지 않았다. 결국 지친 마음으로 전철을 탔다가 거기서 우연히 사노를 만났다. 사노는 조금 긴장한 얼굴이었지만, 세쓰코를 발견하자 사람이 몹시 그리웠다는 듯이 웃으며 다가왔다. 이런저런 얘기를 하던 중에 사노가 세쓰코에게 신주쿠에서 내려 잠시 얘기를 나누지 않겠느냐고 제안했다. 그런 일은 그때까지 한 번도 없었다.

두 사람은 커피숍에 들어가 두서없이 주절거렸다. 사노는 밝게 웃고 떠들었지만 이따금 침묵에 잠겼다. 커피숍을 나온 뒤, 사노는 또 요요기 쪽으로 산책하자고 세쓰코에게 제안했다. 벌써 밤이었다.

두 사람은 한참 걸었다. 사노도, 지친 세쓰코도 말없이 묵묵히 걸었다. 사노는 인기척 없는 곳에서 멈춰 서더니 불쑥 말을 꺼냈다.

"난 이제 너희하고 만날 일이 없을 것 같다."

세쓰코는 순간 그 의미를 이해하지 못했다.

"연구회 그만두세요?"

"응. 그만둘 거야. 학교도 이제 안 가."

세쓰코는 뭔가 느낌이 왔지만, 혹시나 하고 물어보았다.

"무슨 일 있어요? 고향에 돌아가세요?"

"아니, 그렇지 않아. 이유는 말할 수 없어."

어두워서 사노의 표정은 보이지 않았다. 하지만 어둠 속에 우두커니 서 있는 사노의 온몸에서는 쓸쓸함이 배어났다. 잠시 후, 사노가 불쑥 말했다.

"잠행할 거야. 오늘 결정했어."

그날 밤 사노는 한참 더 얘기를 했다고 한다. 그러나 세쓰코는 심한 피로를 느꼈다.

세쓰코는 공산당에 지하 군사조직이 있다는 것, 그리고 거기에 참가하는 학생이 있다는 것은 어렴풋이 알고 있었다. 그러나 아는 사람이 자기 앞에서 사라진 일은 없었다. 세쓰코는 사노의 얘기를 듣고, 그 사실에 몹시 감동했다. 그리고 동시에 어떤 개인적인 불안이 세쓰코의 가슴을 조여왔다. 세쓰코는 갑자기 심한 피로가 밀려와서 서 있는 것조차 힘겨웠다. 두 사람은 요요기에서 다시 전철을 탔다.

두 사람은 늦은 밤 전철에서 되도록 사람이 없는 창가에 몸을 기대고 섰다. 세쓰코는 억누를 수 없는 불안에 휩싸여 낮은 목소리로 사노에게 이것저것 물었다. 그러나 사노는 구체적인 얘기를 더는 하지 않으려고 했다. 세쓰코가 알게 된 사실은 이번에 학교를 떠나는 것이 사노 혼자만은 아니라는 것뿐이었다.

긴 침묵이 지난 뒤, 세쓰코는 사노에게 말했다.

"선배는 역시 훌륭하군요."

어떤 운명을 자기 의지로 선택하여 그 속으로 뛰어들어가려는 이에 대한 경탄이었다. 그렇지만 사노는 겸연쩍은 표정을 지었다.

"훌륭하다니……"

사노는 그렇게 말을 꺼내다 문득 주위를 둘러보았다. 그리고 소리를 낮추고 단어를 고르면서 말을 이어나갔다.

"훌륭하다니, 내가 강하다고 생각해서 그렇게 말하는 거야? 그렇지 않아. 난 아주 약해. 약해서 해보려고 하는 거야."

"해보려고 하는 것만으로도 대단해요."

"그렇지 않아. 겸손해서 약하다고 말하는 것도 아니고, 사람에게는 누구나 약한 면이 있다는 의미로 하는 말도 아니야. 난 말이야, 배신자야. 배신한 적이 있어."

사노는 헤어질 무렵에 가방에서 책을 한 권 꺼내주며 말했다.

"이거 읽으려고 했는데 어차피 읽을 시간이 없을 거야. 괜찮다면 갖고 가. 만약 우리가 생각하는 일이 성공해서 다시 만나게 된다면 그때 돌려줘."

*

"이게 그 책이야."

세쓰코는 눈앞의 H전집과 나란히 둔 책을 들고 그렇게 말했다. 거기에 찍힌 표주박 모양 도장의 인주는 꽤 바래 있었다. 나는 그 얇은 책을 받아들었다. 뜻밖에 무거웠다.

그런 삶의 방식도 있었지, 하는 생각이 내 속에서 흔들렸다. 캠퍼스의 넓은 강의실에서 겉으로는 평범하게 앉아 있던 학생 중에도 그런 열정이 있고, 그런 삶의 방식을 가진 이가 있었다. 그러나 나는 이내 생각을 고쳤다. 그렇지 않은 삶의 방식도 있었다. 그렇지 않은 삶의 방식으로밖에 살 수 없었던 녀석도 있었다…… 사노라는 녀석이 그런 삶의 방식을 살 수밖에 없었던 것과 마찬가지로.

세쓰코는 사노의 소식을 알기 위해 역사연구회의 지인이자 사노와 동기였던 A에게 편지를 썼다고 했다.

"A에게?"

나는 A를 몰랐다. 하지만 반문한 것은 그 때문이 아니라, 노세 쪽이 낫지 않을까 생각해서였다. 노세는 고마바에서 나와 같은 과여서 나도 알고 있었지만, 당시 도쿄 대학교 역사연구회 회장으로 발도 넓고, 세쓰코와도 비교적 친해 보였다.

그러나 내가 그 얘길 하자 세쓰코는 "그 사람은 고마바 기숙사에 있었기 때문에 현재 연락처를 몰라"라고 대답했다.

"그렇지만 노세는 후지중공업 도쿄 본사에 있으니 인사과에 물으면 바로 알 수 있잖아."

"그렇게까지 할 게 뭐 있어. 게다가 벌써 보내버렸는걸."

세쓰코는 얘기를 끝내려는 듯이 그렇게 말했다. 세쓰코의 말이 맞았다. 노세에게 하든 A에게 하든 상관없는 일이었다. 그런데 어쨌든 사노 일에 그렇게 연연하는 것은 요즘의 세쓰코답지 않다고 느꼈다.

　그 다음주 토요일, 세쓰코는 A의 답장을 들고 내 하숙집으로
왔다.

　결국 사노의 소식은 알 수 없었다. A는 사노가 잠적했을 때 그
냥 대학에 남아 있었다. 1955년, 그러니까 세쓰코가 대학교 2학
년이던 해 여름, 공산당 제6회 전국협의회(육전협)의 결정으로
군사조직이 해체되고, 사노 일행이 대학으로 돌아왔을 때 A는 그
들을 맞이했다. 그때 사노는 다른 학생들과 함께 공산당을 탈퇴
했다.

　'육전협'의 타격은 "나를 포함해 당과 혁명에서 자기 삶의 목
표를 찾던 학생에게는 거의 치명적이었습니다"라고 A는 쓰고 있
었다.

　"그건 절대로 사노만의 문제가 아니었어요. 당이 틀렸다고는
생각할 수 없는 일이었습니다. 육전협의 결정은 우리가 그때까지
믿어온 것, 믿으려고 노력해온 것을 거의 전부 파괴했을 뿐만 아
니라, 그 잘못된 것을 믿고 있거나 혹은 믿으려고 한 우리의 노력
이 얼마나 허무했는지를 명확히 함으로써 우리의 자아까지도 완
전히 파괴해버렸어요. 이른바 새로운 방침을 이해하지도 비판하
지도 못하게 돼버렸죠. 우리는 한동안은 망연자실한 상태로 세상
에는 옳은 일이 존재한다는 것조차 믿을 수 없게 돼버렸어요. 그

렇지만 이윽고 반년이 지나고, 일 년이 지나자 많은 사람들이 그대로 세상 속으로 섞여들어갔고, 그 밖의 사람들은 당의 새로운 방침에 따라 다시 맹목적으로 움직이기 시작했습니다. 그리고 소수의 사람들이 자신들 한 명 한 명이 당이 되어야 한다는 것을 이해하고, 새로운 학생운동을 위해 활동을 시작했지요.

그러나 사노만은 그 어느 것도 아니었어요. 그는 육전협의 상처에서 회복하지 못하고, 말하자면 세상을 비관하는 듯한 생활을 하는 것처럼 보였습니다. 캠퍼스에서 우리와 만나도 고개를 숙이고 되도록 모르는 척하며 지나가더군요. 나는 그런 사노에게 자신도 어떻게 할 수 없는 소시민성과 그걸 비판하는 양심 사이의 모순을 본 것 같습니다."

그리고 사노는 작년 봄, 일 년 늦게 대학을 졸업하고 S전철에 들어갔다. 공산당원이었다는 사실은 알리지 않은 것 같았다. 그건 별로 특이한 일은 아니었다. 취직과 동시에 그는 주소를 바꾸었다. 회사로 보낸 여름 안부 엽서에도 답장은 없었다고 한다.

"A는 지금 뭐한대?"

나는 세쓰코에게 물었다.

"대학원에 다니는데, 듣기로는 공산주의자동맹의 이론가래."

공산주의자동맹이란 요요기에 있는 공산당 본부와 맞서서 그 무렵의 학생운동을 지도하던 부류였다.

"무섭도록 진지한 편지네."

"순수하고 좋은 사람이었어. 그렇지만 언제나 의리를 내세우지 않으면 견디지 못하는 사람이었지."

세쓰코는 내게서 A의 편지를 받아들고 잠시 생각하는 것 같더니 이렇게 말했다.

"저기, 소네 씨, O고등학교 출신이지?"

소네는 고마바 캠퍼스 동기로 일 년 낙제한 나보다 먼저 영문과에 진학해서 지금은 영문과 조교를 하는 친구다.

"응."

"당신 눈치 못 챘어? 이 편지에 사노 씨가 O고교 출신이라고 쓰여 있잖아. 소네 씨한테 물어보면 알지 않을까?"

듣고 보니 그렇게 쓴 부분이 있었던 것 같다. 친한 친구인 소네가 O고등학교 출신이란 것은 잘 알고 있었다. 그런데 어째선지 나는 그걸 빠뜨리고 읽었다.

"알지도 모르겠네. 그렇지만 왜……"

"궁금하잖아. 기왕 알아보기 시작한 거고……"

결국 나는 소네에게 사노의 소식을 물어보겠다고 약속했다.

그 무렵 나는 석사 논문을 쓰고 있어서 강의에는 좀처럼 나가지 않았고, 연구실에도 별로 가지 않았다. 토요일에 한 세쓰코와의 약속이 가슴을 답답하게 눌렀지만, 그 다음주도 연구실에는 가지 않고, 아르바이트와 세쓰코네 집에 가는 것 말고는 하숙집에 틀어박혀서 보냈다. 세쓰코는 별로 재촉은 하지 않았으나, 답을 기다리는 모습이 역력했다. 세쓰코와 약속한 지 열흘째인 화요일, 나는 아르바이트를 가기 전에 괜한 임무를 부여받았다는 억울한 마음으로 연구실 문을 열었다.

들어가서 바로 왼쪽에 있는 작은 방은 학생들의 공부방 겸 만남의 장소였는데, 마침 3교시 강의가 끝나 학생들이 그곳으로 모이는 참인지 열 명 남짓한 학생들로 왁자지껄했다. 그중에서도 대학원 석사과정 1학년인 야마기시 노리코와 연구실 사무를 보는 후쿠하라 교코를 중심으로 한 네다섯 명의 여학생이 특히 밝게 떠들고 있었다.

"어머나, 오하시 씨, 오랜만이네요. 왜 이렇게 보기 힘들어요?"

야마기시 노리코가 나를 발견하고 바로 말을 걸었다.

"석사 논문에 전념하고 계신 몸이라…… 그런데 소네는?"

"소네 씨는 볼일이 있다고 잠깐 나갔는데, 곧 돌아올 거예요."

올해 니혼 여자대학교를 졸업한 후쿠하라 교코가 대답했다.

"저기요, 저기요. 오하시 씨도 석사 논문인지 뭔지 마치면 스키 타러 가지 않을래요? 사에키 씨랑 같이."

그렇게 내게 제안한 사람은 야마기시 노리코였다. 그 무리는 아마도 겨울방학 때 스키 여행 갈 계획을 짜고 있었던 것 같다. 야마기시 노리코는 도쿄 여자대학교 출신으로 세쓰코와 아는 사이다.

"재밌을 것 같네."

나는 그렇게 말하고 그들 옆에 앉아 멍하니 소네를 기다리면서, 정말로 세쓰코와 함께 스키 여행을 따라가볼까 생각했다. 수다의 즐거움과 운동의 상쾌함과 여자들의 화사한 웃음소리로 가득해서 분명히 즐거울 것이다.

한참 후 문이 열리고 소네가 들어왔다. 내 얼굴을 보더니 왼손을 가볍게 들어 인사를 하고 그대로 안쪽 조교실로 향했다. 일어서서 조교실로 뒤따라 들어가니, 소네는 책상 앞에 선 채 일을 하고 있었다. 말을 걸까 말까? 잠시 망설이고 있는데, 소네가 얼굴을 들고 잠깐 내 쪽을 보았다.

"오랜만이네. 어때, 논문은?"

"그럭저럭. 여전히 바쁜 것 같네."

"그저 그래."

소네는 쓰고 있던 메모를 왼손에 든 채 이쪽으로 와서 내 앞 의자에 천천히 앉았다. 소네는 아무리 바빠도 바쁜 척하고 싶어하지 않는 사내이기도 했다. 그는 담배에 불을 붙이면서 말했다.

"무슨 일 있어?"

"아니, 별로."

나는 갑자기 사노 얘기를 꺼내는 게 주저되어 그만 그렇게 대답하고 말았다. 게다가 연구실에서 소네가 한가할 리 없다.

그 말을 듣고 소네는 허허하고 가볍게 웃다가 문득 생각난 듯이 말했다.

"아참, 어제 온 신간 중에 네 논문 주제하고 관계있는 책이 한 권 있었는데. 저 책상 위에 있는 책이야. 연구실에서 산 거니까 가져가도 돼."

"아, 고마워."

소네는 "아니야, 아니야" 하듯이 가볍게 머리를 가로젓고 담배를 천천히 두세 모금 빤 뒤 일어섰다.

"시간 괜찮으면 좀 기다려."

그렇게 말을 남기고 옆방 교수실로 갔다.

소네 책상 쪽으로 가 신간을 보고 있는데, 대각선 맞은편 자리에서 또다른 조교인 미야시타가 내게 말을 걸었다. 미야시타는 나보다 세 살 위로 소네보다 이 년 전에 조교가 되었다.

"오하시 군, 오늘 바쁜가요?"

"저녁에 아르바이트가 있는데요."

미야시타가 일어서더니 어깨가 떡 벌어진 다부진 체격을 주체하기 어렵다는 듯이 어색하게 이쪽으로 걸어왔다.

"한 삼십 분만 차 한잔 마시겠습니까?"

"예, 그 정도 시간이라면 괜찮습니다."

그렇게 대답하면서 나는 조금 의아하게 생각했다. 미야시타와는 차를 마시자는 말을 나눌 관계가 아니다. 하지만 여기서 이대로 기다리고 있으면 소네가 또 온다. 그러면 사노 이야기를 꺼내게 될 텐데, 왠지 그건 좀 두려웠다. 나는 미야시타를 따라 연구실을 나왔다.

나가는 길에 미야시타는 후쿠하라 교코가 야마기시 노리코와 수다떠는 걸 보고 멈춰 섰다. 그 시선을 느낀 후쿠하라 교코는 입을 다물고 얼른 자기 자리로 돌아가 일을 시작했다. 계단을 내려가면서 미야시타는, "후쿠하라는 잠시만 눈을 떼면 금세 저 모양이라니까요. 그래도 내가 하는 말은 잘 듣지요" 하고 말했다.

미야시타는 나를 데리고 정문에서 조금 떨어진, 학생이 별로 오지 않는 커피숍으로 가더니 잠시 잡담을 하다 본론을 꺼냈다.

"약혼자가 I상사에 근무하지요?"

"예."

나는 미야시타가 무슨 말을 꺼내려는 건지 의아했다.

"실은," 미야시타가 각이 진 큰 얼굴을 살짝 붉히면서 말을 이었다.

"최근에 선을 봤는데, 그 상대가 I상사에 근무합니다."

이 주 전 일요일에 맞선을 보고 그후 두세 번 만났는데 거의 결혼할 생각이긴 하지만, 청혼하기 전에 마지막으로 한번 더 세쓰코를 통해 그녀가 어떤 사람인지 확인하고 싶다. 그것이 미야시타의 용건이었다.

나는 제삼자를 통해 결혼 상대자에 대해 확인하려는 미야시타에게 반발심이 드는 걸 억누를 수 없었다. 그건 비겁하다고 생각했다. 그런 마음을 감추기 위해 아주 정중한 말을 골라가며 말했다.

"마음에 드신다면 굳이 확인하지 않아도 괜찮지 않을까요?"

"아뇨, 이건 역시 인류지대사니까 신중에 신중을 거듭해야 합니다."

미야시타는 잠깐 말을 끊었다가 내 얼굴을 똑바로 보면서 다시 말을 이었다.

"말하기 좀 그렇긴 하지만, 특히 교우관계를 꼼꼼히 물어봐주었으면 좋겠습니다. 나는 처녀성이란 걸 중요하게 생각합니다. 설령 한 번이라도 남자와 손을 잡았다면 그건 이미 처녀를 잃은 거라고 보거든요."

그런 건 직접 물어보세요, 라고 말하고 싶었지만, 그건 내가 할 말이 아니었다. 나는 다른 얘기를 물어보았다.

"그분 성함이 어떻게 되는데요?"

"요코가와 가즈코…… 요코가와 가즈코 씨라고 해요."

놀라움이 온몸을 훑었다. 미야시타의 맞선 상대는 처자식이 있는 초로의 교수와 연애하느라 몸도 마음도 불태우고 있는 걸로 보이는 요코가와 가즈코였다. 맞선 본 날이 이 주 전이라고 하면, 세쓰코가 대신 전화를 걸어준 그 다음다음 주 일요일이다. 열흘 남짓한 시간 동안 요코가와 가즈코의 마음에 어떤 변화가 있었던 걸까.

"가즈코 씨라, 이름이 예쁘네요."

나는 놀라움을 감추기 위해 의미도 없는 말을 했다. 미야시타가 내 놀라움을 눈치챘을 리 없다.

"예, 이름뿐만 아니라 느낌도 정말 부드러운 사람이에요. 믿을 수 있는 사람이란 생각이 듭니다. 오하시 군에게 부탁하는 것은 정말로 안심하기 위해서일 뿐이에요."

이름을 물은 것으로 내가 부탁을 받아주었다 생각한 미야시타는 안심한 듯이 얘기를 꺼냈다. 미야시타에게는 어울리지 않을 정도로 부드러운 어투였다.

"나는 옛날부터 이렇게 생각했습니다. 아내로는 얌전한 사람이 좋다고. 남자에게는 아무래도 평생 해야 할 일이 있잖습니까. 특히 우리 같은 학자에게는. 그래서 고지식해 보이겠지만, 여자는 남자를 잘 섬겨야 한다고 생각합니다. 그 대신 나는 내 아내를 배신하는 일은 절대 하지 않을 거예요. 나중에 내가 박사 논문을 낼 때는 세상 사람들이 뭐라 하건 속표지에 '묵묵히 내조해준 아내에게'라는 헌사를 반드시 넣을 겁니다."

"그렇지만 요즘 여성들은 직접 박사 논문을 쓰고 싶어할지도 몰라요."

"그렇죠. 우리 연구실만 봐도 그런 것 같아요. 내가 너무 고루한지도 모르지요. 그러나 오하시 군, 이해할지 어떨지 모르겠지만, 옛것이 옳을 때가 있지 않나요? 남자와 여자의 관계, 아니, 사

42

람이란 건 절대 변하지 않습니다. 그리고 그 변하지 않는 것에 몇백 년, 몇천 년 동안 거듭 쌓인 지혜가 이른바 구시대적 사고방식 속에 녹아 있는 것이지요. 내 사고방식이 시대에 뒤떨어져 사람들한테 무시당할지도 모릅니다. 그러나 역시 옳은 것은 옳은 거예요. 나는 그렇게 생각합니다."

"하지만 그래도 많은 여학생이 실제로 대학원에 들어가고, 학문을 직업으로 삼고 싶어한다는 것은 그만큼 남자와 여자의 관계도 변했다는 말이 되지 않겠어요?"

"소네 군도 그렇게 생각하는 것 같더군요. 그런데 대학원 시험에 합격한다는 것과 학문할 능력이 있다는 것은 전혀 별개의 문제지요. 단지 시험에 합격하는 것 외에 필요한 무언가, 잘 설명할수는 없지만 설명하면 없어질 것 같은 무언가가 학문에는 필요합니다. 그리고 그 무엇이 여자에게는 선천적으로 부족해요. 여자의 행복은 학문을 하는 데 있지 않아요. 나는 우리 연구실 여자들을 보고 있으면 그녀들이 애쓰는 것이 딱해서, 아니 비참해 보여서 나도 모르게 눈을 돌리고 싶어집니다. 그런 점에서 후쿠하라 같은 여자를 보면 마음이 놓이지요."

그건 어느 정도 일리가 있을지도 모른다. 적어도 현재 여학생 몇이 무리한 모습을 보이는 것이 사실일지도 모른다. 그러나 그건 어찌되건 상관없는 일이다. 나는 세쓰코와 살 것이다. 세쓰코 이외의 여성들과 학문의 관계 따위 나와는 무관하다. 나는 화제를 돌리려고 했다.

"후쿠하라 씨는 아주 참해 보이더군요."

"글쎄요, 참하다고 할지 뭐라고 할지."

미야시타는 잠시 생각하다 말을 이었다.

"어쨌든 다릅니다. 아까처럼 내 눈을 피해 수다를 떨 때가 있어요. 그러나 그 전부가 여자라는 틀 속이지요. 근본적으로는 순수한 사람입니다. 후쿠하라는 좋은 아내가 될 수 있을 거예요. 나름대로 절차를 밟아 사귄다면 우리 같은 학자의 아내도 될 수 있는 사람이라 생각해요."

"연구실에서 연애하는 건 안 됩니까?"

"그건 안 됩니다."

미야시타는 단호히 대답했다.

"나는 학자입니다. 나는 중매결혼 외에 생각한 적이 없습니다. 샐러리맨처럼 조직에 들어가 외면적인 속박에 몸을 맡기고, 그걸로 자신을 지탱하며 하루하루를 살아도 되는 거라면 연애도 좋겠지요. 그러나 학자는 자신을 다스려야 하잖습니까. 그리고 자신을 다스리려면 객관적인 질서, 요컨대 우리 주위에 존재하는 질서를 인정해야 해요. 그러므로 이미 그 질서 속에 있는 사람이 그 질서에 어울리는 사람으로 추천해주는 중매결혼이라는 형식, 이른바 질서의 재생산으로서 중매결혼이라는 형식을 우리가 존중하는 것은 당연하다기보다는 오히려 자연스러운 일이지요. 연애는 그것이 아무리 주위의 축복을 받는 것처럼 보여도 본질적으로 반질서적인 것입니다. 아니, 나는 성적 욕망에 관해서만 말하는 게 아닙니다. 그런 게 아니라 상대가 자신에게 무엇보다 소중하다는 플라토닉한 애정 자체에 이미 반질서적 경향, 자신이 속한 질서에서 탈출하여 자유로워지고 싶어하는 경향이 있다는 겁니다. 아니, 반대일지도 모르지요. 그렇지만 자유가 뭡니까? 세상에 잠깐 스쳐가는 존재인 우리에게 자유가 뭘까요? 만약 학자이면서 연애를 하는 사람이 있다면 그 사람의 학문이나 연애, 적어도 둘 중 한쪽이 가짜일 겁니다. 오하시 군, 만약 우리가 연애를 한다면 무엇에 의지하여 학문이라는 고통스러운 작업을 계속해 나갈 수 있겠습니까?"

미야시타는 갑자기 거기서 말을 뚝 끊더니 자기가 말이 너무 많았다는 사실이 민망한지 입을 다물었다. 그리고 잠시 후, 낮은 목소리로 덧붙이듯 말했다.

"아까 처녀성 얘기를 했는데, 오하시 군은 내가 하찮은 문제에 집착한다고 생각할지도 모르겠습니다. 그러나 그걸 시시하다고 생각하는 건 사람이란 게 얼마나 무서운 건지 모르기 때문이에요. 결혼할 상대가 아닌 이성을 알고 나면 남자든 여자든 정절을 지키고 있을 수 없습니다. 남녀칠세부동석이라고 말한 옛날 사람들은 인간을 정말 제대로 파악한 겁니다."

미야시타는 헤어질 무렵에 한번 더 요코가와 가즈코에 대해 알아봐달라고 당부했다. 나는 알았다고 대답했다. 커피숍 앞에서 헤어진 미야시타는 내게 등을 돌리고, 오른쪽으로 기울어진 넓은 어깨에, 오른쪽 다리를 조금 절면서 정문 쪽으로 걸어갔다.

미야시타와 얘기하느라 조금 늦어진 아르바이트를 마치고 세쓰코네 집에 갔더니 세쓰코는 식사를 하지 않고 기다리고 있었다. 나는 밥을 먹으면서 지금 듣고 온 미야시타와 요코가와 가즈코의 맞선 얘기를 했다.

"그랬구나."

세쓰코는 묵묵히 듣고 있다가, 잠시 후 밥공기를 손에 든 채 젓가락질을 멈추고 말했다.

"그러고 보니 한참 전부터 그런 얘기 들은 것 같아. F선생님이 선을 보라고 권한다고. 상대는 자기가 찾아볼 테니 선을 보라고, 자기를 위해서라 생각하고 선을 보라고 몇 번이나 권하더란 얘길 들었어."

아, 그랬구나. 미야시타의 연구 지도를 맡은 I교수가 요코가와 가즈코가 나온 N대학 영문과에 있었다. 그래서 요코가와 가즈코의 상대인 불문과 교수, 영문과 I교수, 미야시타로 이어진 건가.

"자기 애인한테 맞선을 보라고 하는 마음, 쓰라리겠다."

세쓰코는 밥공기와 젓가락을 내려놓고 그렇게 말했다.

"자살할 용기가 없으면 죽을 때까지 살아갈 수밖에 없잖아. 그

렇게 생각하니 지금의 요코가와 씨하고의 관계가 갑자기 두려워
졌을 거야, 분명히."

"자기 나이를 생각하고 요코가와 씨의 나이를 생각하고 앞일
을 생각하면 두렵기도 하겠지만…… 그래도 요코가와 씨가 가엾
네, 새삼스럽게……"

"그렇지만 맞선을 보지 않는다고 해서 가엾지 않은 것도 아니
지. 요코가와도 결혼할 생각이 있는 거야, 이쪽에서. 안 그러고는
선을 보고 몇 번씩 만나고 하지 않았을 거야."

"그러네. 그래도 불쌍하긴 하네."

미야시타도 참 딱하다. 문득 그런 생각이 들었다.

세쓰코는 요코가와 가즈코의 이야기를 듣고 조금 침울해진 모
습이었다. 식사를 마친 뒤, 소네가 바빠서 사노 이야기를 묻지 못
했다고 하자 "그랬구나" 하고 그 일에는 흥미를 잃은 듯 대답했
다. 세쓰코가 잠시 침묵하는가 싶더니 갑자기 밝은 모습으로 "그
런 건 아무래도 상관없어" 하고 웃었다. 그러고는 "우리 역 앞 극
장에 영화 보러 가지 않을래?"라고 제안했다.

우리는 완연한 겨울 같은 그날 밤, 세쓰코의 집 근처의 작고 혼
잡한 역 앞 상점가에 있는 싸구려 극장에서 오래된 코미디와 추
석용 요괴영화 두 편을 잇따라 보았다. 밝게 웃기도 하고 무서워
떨기도 하는 세쓰코는 정말로 행복해 보였다. 영화가 끝나고 우
리는 별이 반짝반짝 빛나고, 추위가 온몸에 으슬으슬 스며드는

밤길을 팔짱을 끼고, 몸을 기댄 채 걸으며 집으로 돌아왔다. 그날 밤, 나는 세쓰코네 집에서 잤다. 손님용 방에는 숙모가 이미 이불을 깔아놓고 고타쓰를 켜두었다.

　내가 청개구리 같은 걸까. 천성이 그랬던 건 아닌 것 같은데 말이다. 세쓰코가 사노에게 흥미를 잃은 모습을 보니 되레 내가 사노에게 관심이 생겼다.

　세쓰코의 관심은 옛 동료의 소식에 관한 것이었겠지만, 내가 느끼는 건 H전집의 전 소유자에 대한 호기심이었다. 헌책방 주인에게 약속한 한 달이 지나, 나는 H전집의 나머지 반을 사서 하숙방 책장에 꽂았다. 그러고 보니 처음에 H전집을 헌책방 책꽂이에서 보았을 때의 그 기묘한 집착이 생각났고, 전 소유자에 관해 알아보고 싶다, 가능하면 직접 만나서 왜 산 지 얼마 안 된 H전집을 팔았는지 확인해보고 싶다는 생각마저 들었다. 조금 묘한 얘기지만 H전집에 대한 집착이 전 소유자인 사노라는 남자의 소식에 대한 집착으로 바뀐 것 같았다. 12월 초 어느 금요일, 나는 소네를 시부야의 커피숍으로 불러냈다.

　사노는 죽었다.

　"고등학교 동기 중에 사노라는 사람 있었지? 그 사람 지금 어떻게 지내?"

　내가 그렇게 말을 꺼내자, 소네는 고개를 들고 반문하듯 말했다.

"너, 사노를 알아?"

놀라움이 그 말 속에 배어났다. 그 말을 듣고 확실히는 모르겠지만, 죽음의 그림자를 느낀 것은 어째서일까. 나는 H전집 이야기, 세쓰코가 갖고 있던 책 이야기, 세쓰코와 사노의 관계 등을 불길한 예감에 긴장하면서 간단하게 설명했다. 시선을 떨어뜨리고 듣고 있던 소네는 내가 얘기를 마치자, 짧아진 담배를 재떨이에 비벼 끄고 고개를 들었다.

"사노는 죽었어, 수면제를 먹고. 자살이었지."

그랬단 말인가, 하는 생각이 내 속에 퍼졌다. 내가 앉아 있는 커피숍 광경. 기분좋게 따뜻하고, 의미 없는 얘깃소리와 담배 연기와 소리도 없이 움직이는 사람들의 모습과 노랗고 나른한 인공조명 등이 서로 섞이고 교차하며 흔들리는 커피숍 광경, 그 출렁출렁 흔들리는 광경 속에 차가운 비가 내리던 늦가을의 헌책방 풍경이 떠올랐다. 그랬던가. 그 풍경의 기이함, 내게 말을 걸고 내게 휘감기며 집요하게 내 마음속으로 들어와 H전집을 사게 한 것, 그것은 죽음이 뿜어내는 기이한 느낌이었던가. 말로 표현할 수 없는 어두운 감명이 내 속에서 천천히 물결쳤다.

"사노가 말이야."

소네가 말했다.

"죽기 전에 나한테 긴 편지를 보냈더라고. 뭐, 유서……겠지. 별로 친한 사이도 아니었는데. 내가 마음에 걸렸던 모양이야. 나는 줄곧 무당파無黨派 활동가……였어. 이렇게 말해도 될지 모르겠지만. 어쨌든 줄곧 정치와 마주하고 있으면서 빠져들지도 않고, 전향하지도 않고 이도 저도 아닌 놈이라고 사노네 당원들은 생각했을 거야. 그렇지만 나는 나름의 방식으로 참여해왔어…… 그렇게 참여해온 나를 말이지."

죽음이라는 사실이 가진 무거운 감동이 내 속에서 낮게 술렁거리고, 소네의 말은 검은 그림자가 되어 그 속을 천천히 지나갔다. 소네는 말을 이었다.

"고등학교 시절부터 당원이었던 사노는 무당파인 나를 곧잘 비겁하네, 프티부르주아네 비난했지…… 아니, 어떤 때는 욕을 퍼부었을 거야. 그러니 친했을 리가 없지. 그런데 결국 나 말고 유서를 쓸 상대가 없었던 걸 보면, 나는 내가 무당파로 밀고 나간 것이 옳았던 것 같아. 그 당은 정치를 하는 당파이면서 인간 전부를 요구했지. 그래서 그 속에서는 서로 단단히 결속한 것 같았지만 몹시 고독했던 거야. 사노는 거기에 속았다……기보다, 속고 싶어했던 거겠지."

소네는 냉정한 사내구나, 라고 나는 생각했다. 소네는 자기 삶에서 의미가 없는 것은 가차없이 잘라버린다. 인간에게는 속아주지 않고서는 견딜 수 없는 괴로움도 있을지 모르는데. 나는 소네에게 말했다.

"너는 그 사노라는 사람을 용서하지 않았구나."

"용서하지 않았다고? 왜 그렇게 생각해?"

소네가 의아한 듯이 나를 보았다.

"비겁하다고 하는 거나 그가 당원으로서 무당파인 너를 경멸했다는 걸 보면 말이야."

"난 말이지,"

소네는 나를 정면으로 바라보며 말했다.

"무당파라는 사실도 포함해서 내 삶의 방식을 신중하게 선택해왔어. 의미 있는…… 아니, 의미가 있을 수 있다고 생각되는 삶의 방식을 말이야. 사노는 다른 삶의 방식에 의미가 있다고 믿었어…… 내가 보기에는 그렇게 믿고 싶어했어. 믿는 것이 편하니까. 그리고 이제 와서 내가 '그렇지만 그 녀석은 좋은 놈이었어'라고 말한다면, 그건 내가 모호한 삶의 방식을 선택했다는 말밖에 더 되겠냐? 용서를 하고 안 하고, 그런 문제가 아니야."

그래, 소네가 옳아…… 나는 그렇게 생각해야 했을 것이다. 소네와 방식은 달랐지만, 나 역시 믿음을 거부하고 모호함을 증오하며 살아왔다. 그러나 그때 나는 왠지 다른 생각이 들었다. 소네가 그렇게 말할 수 있는 것은 요컨대 의미 있다고 생각하는 삶의 방식을 갖고 있기 때문이다. 그러나 어쩌면 사노라는 사내의 삶은 신중함이니 선택이니, 혹은 삶의 방식 따위와는 아무 관계도 없는 삶, 그것 말고는 선택의 여지가 없는 삶이자 죽음이었을지도 모른다. 나는 그렇게 느꼈다. 지금 생각해보면 내 삶도 그런 선택의 여지가 없는 삶이었다고 생각하고 싶어서였을까. 사노라는 사내에게 동정심이 든 것은 그 사내에게서 거울에 비친 내 모습을 보아서일까. 그러니까, 내가 모호해서……? 어쨌든 나는 소네의 얘기 속에서 이미 마지막 윤곽이 정해진 사노의 삶에 관해 생각하기보다, 내 속에서 요동치는 그의 죽음의 무게를 재고 싶었다. 그의 죽음의 분위기가 그 늦가을 날 차가운 빗물의 습기와 함께 이미 내 피부에 엉겨붙은 것 같았다. 나는 그날, 내키지 않아하는 소네에게 부탁하여 요코하마 근처에 있는 그의 집까지 가서 사노의 편지를 빌려 왔다.

나의 그 별난 관심, 혹은 불안 같은 것의 정체는 무엇이었을까. 편지를 빌려 승객이 드문드문한 교외 전철을 탔다. 어두운 바다처럼 펼쳐진 밤의 어둠 속에서 작은 빛의 성이 되어 도심으로 다가가는 전철에 몸을 맡기고 있으니, 그제야 내 속의 동요가 차츰 가라앉았다. 침울하지만 고요한 편안함이 내 마음에 퍼지는 것 같았다. 전철이 흔들릴 때마다 가방 속에서 편지가 사각사각 울리는 소리가 들리는 것 같았다. 그날, 나는 밤늦게까지 그 편지를 읽었다.

제2장

사노가 소네에게 보낸 편지

산장에 온 지 닷새째. 일주일의 휴가도 슬슬 끝나가고 있다. 대체 무엇을 하러 온 걸까. 그렇게 생각하니 내 마음은 저절로 머리맡에 있는 보스턴 가방으로 향하는구나. 그 속에는 도쿄를 떠나기 전, 약국 이곳저곳을 돌며 사 모은 수면제가 몇 통 들어 있다.

그것에 손을 대지 않고 이곳을 떠날 수 있을지도 몰라. 그런 희미한 희망이 이곳에 온 뒤로 내 마음에 싹튼 것 같다. 하지만 한편으로 이곳을 떠나 다시 도쿄로 돌아간들 거기서 어떻게 살아갈 건가, 하는 생각이 마음을 무겁게 짓누른다.

이런 걸 써서 뭐하나 하는 생각도 했다. 너는 이런 나를 분명 그 쩌를 듯이 차가운 눈으로 노려보겠지.

차가운…… 그렇다. 너는 언제나 차가운…… 아니, 이 표현이 옳지 않다면 '냉정한'이라고 하자. 너는 언제나 냉정한 눈으로 우리를 보았지. 나는 지금도 고등학교 때 학급회의가 생각난다. 공산당 간부 추방과 한국전쟁이 문제시되었을 때였다.

"한국전쟁은 한국의 독재자 이승만과 그걸 밀어주는 미 제국주의가 일으킨 것으로, 그 증거로는 전쟁 일주일 전에 맥아더가 삼팔선을……"

내가 그런 말을 하고 있을 때였다.

"그런 걸 어떻게 알아."

너는 나직하고 차가운 목소리로 그렇게 말했다. 그때까지는 우리 편에 서서 공산당 간부 추방은 민주주의의 자살이라고 하며, "뭐야, 빨갱이!" 하는 야유에 일일이 찌르는 듯 날카로운 말로 대답하던 네가, 갑자기 내 쪽을 보며 내뱉듯이 말했다. 나는 그 말을 하던 때의 네 차가운 눈을 잊을 수 없다.

그때 우리는 너를 이기려고 필사적으로 미국의 불황, 일본 경제의 위기, 맥아더의 반격론 등을 들며 설명했는데, 우리가 말을 늘어놓을수록 너는 입을 다물고 그 차가운 눈으로 우리를 바라보기만 했다. 아니, 실은 반대로 네가 잠자코 있으면 있을수록, 차가운 눈으로 보면 볼수록 우리는 초조해서 뭐든 지껄이지 않고는 견딜 수 없었다. 그리고 마지막에 너는 이렇게 말했다.

"누구, 보고 온 놈 있어? 그리고 어느 쪽이 먼저 시작했는지 따위는 중요한 문제가 아니야. 무엇이 전쟁을 필연적으로 만들었는지가 문제지."

그렇다. 냉정한 네가 아마 옳았을 테지. 그후 지금에 이르기까지 너는 언제나 냉정하게, 바르게, 자기 길을 벗어나는 법 없이 살아왔다. 사회연구반 독서모임에 나가면서도 수험 공부를 소홀히 하지 않았지. 단번에 도쿄대에 합격한 너는 학생운동을 하면서도 강의에 꼬박꼬박 출석했고, 바로 대학원에 진학하여 대학 신문에 학생운동 비판을 쓰는 한편으로 석사 논문도 열심히 써서, 지금은 도쿄대 조교로 학자로서의 장래, 진보적 지식인, 사르트르를 닮은 신좌익으로서의 장래가 보장되어 있지. 그러나 그런 네게도 한 가지 하지 못한 것, 앞으로도 하지 못할 것 같은 일이 있다. 알고 있니? 그건 상처 입는 것, 깊이 생각할 틈도 없이 진흙탕에 머리가 처박혀 몸도 마음도 너덜너덜 상처 입는 일이다.

이런 얘길 써봐야 너는 여전히 태연한 얼굴을 하겠지. 그건 알고 있다. 그러나 나는 고등학교 2학년 때 입당한 이후, 항상 너무나 냉정한 너의 시선을 느껴왔다. 나는 그 냉정한 시선에 한 번쯤 알 수 없는 뭔가를 들이대 너를 당혹스럽게 만들어주고 싶었다.

당시 우리 O고등학교는 도쿄에서 고등학교 학생운동의 중심이었지. 우리가 '사연', 즉 사회연구반의 합동연구며 '도고사련', 즉 도쿄 도 고등학교 사회연구반 연락회의를 이용하여 다른 고등학교로도 조직을 넓혔던 것은 너도 아는 대로다. 아버지의 전근으로 1학년 때부터 하숙을 해온 나는 그 홀가분함도 있어 가장 활동적인 편이었다. 너도 아는지 모르겠구나. 우리가 3학년 때, 세포조직의 캡틴이 나였다. 지금 생각하면 아주 웃긴 얘기지만. 그리고 그때 내게 한 가지 사건이 일어났다.

그해 메이데이에 너는 오지 않았지. 아니, 왔을지도 모르지만 우리가 예정했던 해산 장소에서 해산하지 않고, 수천 명의 사람들과 함께 곧장 궁성 앞 광장으로 향했을 때, 너는 이미 우리 사이에 없었다. 너는 언제나 현명했지. 세포에 내려진 지령을 간파하고 그런 '어리석은 짓'을 거들기 싫어서 모습을 감추었을 거야.

그건 '어리석은 짓'이었을지도 모른다. 그러나 정부는 그해, 그리고 그 이후, 대체 무슨 권리로 우리의 메이데이에 궁성 앞 광장을 빼앗은 걸까. 나는 궁성 앞 광장으로, 라는 지령을 당연하다고 생각했다. 나는 캡틴으로서, 망설이고 있는 하급생 당원에게 "단독강화에 의한 독립은 기만이며 종속의 길을 여는 것이다. 인민의 손으로 인민의 광장을 되찾는 것이야말로 우리 인민이 독립으로의 첫걸음을 내딛는 것이다"라고 격렬하게 선동했다. 그랬다. 그것은 궁성 앞 광장이 아니라 인민 광장이었다. "일찍이 혁명적 고양 속에서 쌀 요구 시위*대의 붉은 깃발이 펄럭였던 우리의 광

---

* 쌀 요구 시위: 1946년 5월 12일에 세타가야 구민 집회에서 식료품 부족을 호소하는 시민들이 궁성 앞 광장까지 찾아가 데모를 한 데 이어 19일에는 25만 명이 넘는 국민들이 같은 장소에 모여서 "쌀을 달라. 못 살겠다"는 구호를 외치면서

장을, 지금 우리는 우리 손으로 되찾는다!" 그렇게 말한 기억도 난다.

선두가 다리를 건너 광장으로 들어가려고 했을 때, 그곳에 있던 경찰 진압대와 작은 충돌이 있었다. 총소리가 울렸다. 최루탄이었을지도 모르겠다. 그러나 혁명이 희생자를 필요로 하는 건 당연한 일이지. 우리는 물론 사상자가 나올 것도 예상했다. 그때 우리는 경찰 진압대의 저지가 너무나 약한 것을 수상하게 느꼈어야 했다. 하지만 우리는 조금 맥이 풀리긴 했어도, 그 이상은 아무 생각도 하지 않았다. 우리는 불안과 긴장과 기쁨으로 충만했다. 우리 앞에는 이미 만 명이 넘는 듯한 시위대가 광장을 메우고 있었다. 우측 전방 다리에서는 자유노동자 시위대가 속속 들어왔다. 조총련의 깃발도 보였던 것 같다.

그랬다. 그 무렵 우리를 그런 행동으로 내몰았던 것은 단순히 이념 문제로서의 완전한 독립이나 혁명 같은 게 아니었다. 그즈음의 우리는 전쟁의 위기감에 시달렸다기보다는 오히려 그때 한국에서 일어난 전쟁이 결국은 일본에 영향을 미칠 게 확실하다고 믿었다. 그리고 그렇게 됐을 때, 미국 자본주의의 총알받이가 되는 것은 죽어도 싫었다. 그런 일이 일어난다면 우리는 빨치산이 되기로 마음먹고 있었다. 아니, 폭격기가 한반도를 향해 날아가

집회를 하는 사이 일부 군중이 다리를 건너 왕이 사는 황궁으로 쳐들어가 상소를 강행한 사건.

고, 공습경보가 울리고, 몇 명인가 한국에 용병으로 갔다가 죽었다는 소문이 난무하는 일본은 이미 반 이상 전쟁터나 다름없다고 생각했다. 그렇다면 그런 곳에서는 완전한 독립도, 혁명도, 평화도, 빨치산 활동도 모두 똑같은 것이다. 우리는 우리의 발로 인민광장에 서서 이제야말로 그러한 행위의 첫걸음을 내딛는다는 흥분에 휩싸였다.

그렇게 얼마나 시간이 흘렀을까. 광장 구석에도 경찰 진압대가 대기하고 있고, 광장을 메운 시위대와의 사이에 점차 긴장이 고조되고 있긴 했지만, 충돌이 일어날 것 같은 분위기는 아직 아니었다. 그런데 갑자기 우리 앞에 있는 경찰 진압대가 옆으로 흩어지며 대열을 정비했다. 우리도 거기에 맞춰 폭을 조금 넓혔다. 우리와 경찰 진압대 사이에 갑자기 밀도가 더해진 끈적거리고 기분 나쁜 공간이 펼쳐졌다. 그것은 마치 질긴 고무로 만들어진 것처럼 우리 앞을 가로막고, 천천히, 얼마쯤인지 모를 만큼 조금씩 거리를 좁혀왔다. 우리 뒤에서는 시위대가 또 수를 늘린 모양이었다. 그 압력에 밀려 우리 대열은 조금씩, 조금씩 앞으로 나아갔다. 그리고 거기에 맞춰 경찰 진압대가 슬슬 간격을 좁혀왔다. 땀방울이 뺨을 타고 흘렀다.

그러나 공간이 어느 정도까지 좁혀지자 그 좁은 공간을 사이에 둔 채 경찰 진압대도 우리도 이미 기묘하게 움직일 수 없었다. 우리가 와— 하고 소리지르면서 한 걸음 앞으로 나아가면 경찰 진압대가 무심결에 한 걸음 물러났다. 경찰 진압대가 함성을 지르면서 한 걸음 앞으로 나서면 우리의 발은 우리의 의지와 상관없이 한 걸음 물러났다. 그렇게 서로 움직이고 있으니 우리와 경찰 진압대 사이의 간격은 조금도 변하지 않았다.

어느 순간 갑자기 그 움직임이 멈추었다. 주위가 쥐죽은듯이 고요해졌다. 그리고 그 고요함 속에서 파란 전투복에 헬멧을 쓰고 경찰봉을 든 경찰 진압대가 슬슬 대형을 바꾸면서 이쪽으로 다가왔다. 대형은 점점 삼각형으로 바뀌다가 중앙의 꼭지 부분이 날카로워지며 쐐기를 박듯이 가까이 다가왔다. 이윽고 그들이 멈추었다. 조금 뒤편에 있던 나는 숨이 막히고 몸이 굳었다.

그때였다. "돌격!" 하는 외침이 들렸다. 경찰 진압대가 일제히 경찰봉을 휘두르며 와 하고 함성을 지르며 덮쳐왔다. 무섭다고 생각할 겨를도 없이 우리의 스크럼 한복판으로 경찰 진압대의 검은 무리가 쳐들어왔다.

금세 극심한 혼란이 일어났다. 아까 우리를 그토록 쉽게 통과시켰던 다리는 어느새 경찰 진압대의 인간 벽으로 가로막혔고, 우리는 완전히 퇴로를 차단당한 것 같았다. 전방의 경찰 진압대 몇 열이 무거운 군화로 자갈을 탁탁 밟으며 순식간에 뒤쪽에 있는 우리한테까지 다가왔다. 우리 바로 앞에 있던 도학련 학생은 피켓을 휘두르며 맞서나갔다. 아마 흐린 날이었던 걸로 기억하는데 그 피켓에 박힌 몇 개의 못이 반짝반짝 눈부시게 빛나던 모습이 지금도 눈에 선하다. 그리고 우리도 그 학생 뒤에서 스크럼을 짠 채 피켓을 창처럼 들고 함성인지 아우성인지 통곡인지 모를 소리를 필사적으로 지르며 앞으로 돌진했다.

긴장한 나머지 잠시 눈을 감아버렸던 걸까. 아차 하고 정신을 차렸을 때, 내 바로 앞에는 눈을 부릅뜨고 우리를 덮치려는 경찰 진압대가 있었다. 경찰봉도 헬멧 테두리도 피로 물들어 눈과 얼굴 전체가 뭔가에 홀린 듯이 번쩍번쩍 빛났다. 가장 혼란스러운 쪽에서 잇따라 몇 발의 총성이 울렸다. 경찰 한 명이 숨이 찬 듯 헐떡이며 한 걸음 앞으로 나오더니 나를 향해 이를 악물고 경찰봉을 휘둘렀다. 내 두 배 이상 되는 어깨와 그 험악한 얼굴을 본 순간, 나는 갑자기 격렬한 공포에 휩싸였다.

물론 그전까지도 무섭지 않았던 건 아니다. 눈을 감아버린 것도 너무 무서워서였을지 모른다. 하지만 이건 나중에 생각해보니 그렇더라는 얘기지, 그때의 나는 내가 무서워하는지도, 두려워하는지도, 죽을힘을 다하고 있는지조차도 모르고, 그저 무아지경으로 피켓을 들고 소리를 지르며 앞으로 돌진하고 있었다. 그런데 그 경찰이 내 앞에 섰을 때야 퍼뜩 '무섭다!'라는 느낌이 들었고, 다음 순간 '아, 나는 무서워하고 있다!'라고 생각했다. 스스로 공포에 떨고 있음을 깨달은 것이다.

한번 공포를 깨닫고 난 뒤로는 더는 아무것도 할 수 없었다. 그 공포가 금세 내 온몸에 파고들어 몸이 굳었고, 움직이려 해도 마음대로 되지 않았다. 간신히 경찰의 일격을 피한 나는 무작정 피켓을 내팽개치고 스크럼을 빠져나와 도망치기 시작했다. 도망치면서 얼핏 보니 주위 친구들이 모두 스크럼을 풀고 피켓 등을 휘두르며 경찰 진압대에 맞서는 것이 보였다.

그뒤로는 정신이 하나도 없었다. 자세한 것은 너도 이른바 '피의 메이데이' 이야기를 읽거나 들어서 알고 있겠지. 겨우 경찰 진압대의 포위에서 벗어나 광장 밖으로 나오자, 길가에는 몇 대의 고급 외제차가 뒤집혀 빨간 불꽃과 검은 연기를 피워올리며 타고 있었다. 나는 죽을힘을 다해 그곳을 도망쳤다. 다행히 눈에 띄는 부상도 없어서, 역마다 서 있는 검문 경찰을 피해 간신히 하숙집으로 돌아올 수 있었다.

심한 혼란 속에서 일어난 일이라 내 비겁한 행동을 눈치챈 사람은 없었던 것 같다. 하지만 나는 입으로는 용감하게 선동했으면서 마지막 순간에 모두를 배신했다는 사실을 잊을 수 없었다. 너도 알다시피 우리 O고등학교 사회연구반에서는 두 명이 체포되었다. 나는 얼마 뒤, 입시 준비를 해야 한다는 핑계로 캡틴 자리를 2학년에게 넘겨주었다. 그리고 실제로 수험 공부 속으로 도피했다. 이것이 내게 일어난 첫번째 사건이다.

다음해 4월 나는 도쿄대에 들어갔지. 단번에 합격한 것은 도피한 덕분이었을지도 모른다. 그리고 당원으로서 도쿄대 세포조직에 들어갔다. 거기서 나는 실무를 성실히 완수하는 당원으로 점차 인정받아 아카하타赤旗*나 그 밖의 기관지 배포 등 몸으로 때우는 일이긴 하지만 중요한 일을 맡게 되었다.

그러나 이른바 몸으로 때우는 성실함은 내게는 사상적 성실함으로부터의 도피였다. 당원으로 사는 생활 속에서 나는 내가 일찍이 배신한 적이 있다는 사실을 잊을 수 없었다. 더욱이 내가 저지른 배신이 어떤 성질의 것인지 파헤치기도 두려워서 결국 몸으로 때우는 활동으로 나날을 보내며 내 양심을 조금씩 마비시키고 있었다.

너라면 이렇게 말할지도 모르겠군. "양심의 마비 따위 중요한 게 아니다. 문제는 당 방침을 비판하는 것이다"라고. 아니면 "당원이 얼마만큼의 용기를 갖고 싸우는가는 당원 개인의 양심이 아니라, 당 지도 방침이 얼마나 옳고 그른가로 결정된다"라고.

이론적으로는 그렇다. 하지만 배신은, 혹은 배신이라는 체험은 철저히 개인적인 것이다. 아마 너는 모를 것이다.

네가 말했다시피 메이데이 사건의 원인에 경찰의 도발과 계획적 탄압의 함정에 걸려든 당 지도부의 착오가 없었다고는 할 수 없다. 더 말하자면, 거기에는 1951년의 새로운 강령을 어떻게 이해할지에 대한 문제, 나아가서는 1950년의 코민포름** 비판과 그것을 둘러싼 당 내부의 이론적 대립이 얽혀 있다. 설령 당의 방침

---

* 일본 공산당 중앙위원회에서 발행하는 일간 기관지.
** 1947년 설립되어 1956년 해체된 국제공산당 정보기관.

이 잘못됐다 치더라도, 그 때문에 자신이 배신했다고 한다면 그 것은 객관주의에 지나지 않겠지. 나는 그때 당 방침을 비판하여 도망친 게 아니다. 단지 공포 때문에, 지금도 결코 시인하고 싶지 않은 도망이라는 행위를 저지른 것이다. 그저 무섭다는 이유로 동지를 배신하고, 당을 배신하고, 자신을 배신해버렸다. 나는 지 금도 이론적 비판은 어찌됐든 마음속 어딘가에서는 단독강화 발 효가 있었던 그해, 그 메이데이가 없었더라면 좋았을걸, 하고 생 각한다. 그랬더라면 그곳에 있어서는 안 될 구덩이가 생기지 않 았을 텐데, 하는 생각을 하지 않을 수 없다. 그리고 바로 그걸 나 는 배신한 것이다.

도쿄대에 들어간 뒤로는 세포회의에서나 역사연구회에서 내 주장을 똑바로 말하지 못했다. 내가 과격한 행동을 주장하거나 역사학의 당파성을 논한다면 그건 말뿐인 게 아닌가, 말로만 내 실의 허약함을 얼버무리려는 게 아닌가 생각했던 거지. 한편으로 운동권 내부에 나타난 주체적 조건의 허약함이 보이거나, 역사 학에 있어서 당파성과 실증주의 사이에서 마음이 흔들리면 스스 로 자신의 나약함을 정당화하려 한다는 자조적인 생각이 들었다. 나는 그저 묵묵히 앉아 있기만 할 뿐이었다. 나는 배신자다, 라고 중얼거리면서 그 괴로움을 잊기 위해 날마다 몸으로 하는 활동 속에 나를 묻었다.

그러나 그런 괴로움, 정신적 이중생활은 그리 오래 버틸 수 있는 것이 아니었다. 나는 당을 떠나기로 마음먹었다. 생각해보면 나는 당원이었기 때문에 배신자가 된 거다. 그래, 너처럼 무당파이면 절대 배신자가 될 일이 없잖은가. 나 역시 당을 떠나면 그때는 그냥 평범한 학생에 지나지 않을 거다.

그렇지만 나는 당을 떠날 수가 없었다. 만약 당에서 떠난다면 그때의 나는 내가 가진 가장 소중한 것, 자신에게 긍지를 가졌던 유일한 것을 완전히 잃어버리는 거라고 생각했다. 이렇게 쓰니 "뭐야, 감상적인 소리 지껄이고 있네" 하는 너의 차가운 표정이 보이는 것 같구나. 그래도 내게는 그렇게 느껴졌다. 나는 지금도 고등학교 2학년 여름, 처음으로 정식 당원이 되었을 때의 흥분을 잊을 수 없다. 너는 그런 기분을 경험한 적 있는지? 당을 떠난다는 것은 그런 과거의 자신을 전부 부인하는 일이다.

2학년 여름방학을 마쳤을 때였다. 우리는 학생 당원도 되도록 지하에 숨어서 군사조직에 가세하라는 지령을 받았지. 1954년의 일이다.

지금 생각해보면 당시는 당 지도 방침의 전환기에 해당했다. 1952년 메이데이 사건, 같은 해 10월 자본주의 국가로서 일본의 장래를 전망한 스탈린의 논문, 이듬해 도쿠다 서기장의 죽음 등을 계기로, 한국전쟁의 교착 상태, 스탈린의 사망 직전부터 일어난 소련 동맹의 평화공존을 향한 전진, 사회주의 진영의 우위 등을 배경으로 해서 1950년 이후 당의 군사 방침은 재검토되었다.

그것은 1955년 여름에 군사조직이 해체되고 육전협에 의해 그 사실을 확인하게 되는 결과를 낳았다. 그러나 거기에 이르기까지는 다양한 대립과 시도가 있었다. 우리가 받은 지령도 그중 하나였겠지. 또 우리 사이에는 한국전쟁의 교착은 일시적인 것이므로 한반도의 정세가 바뀌면 일본 상황은 크게 변화할 거라는 견해도 유력했다. 우리 세포조직의 몇 명은 핵심 자위대의 일원이 되려고 결심했다. 나도 그중 한 명으로 지하활동 속에서 한번 더 자신을 시험해보고자 마음먹었다. 그 방법 말고는 지금의 고통스러운 정신적 이중생활에서 벗어날 길이 없다고 생각했다.

한번 결심하니 조직 속에서 나는 몰라볼 정도로 활발해졌다. 고등학교 때 한때는 캡틴이었던 내가 되살아난 것 같았다. 나는 잠행 연락 담당이 되었다. 그리고 드디어 초가을 어느 날, 세포회의에서 각자의 잠행 일시, 방법, 소속 등 모든 것을 확정했다.

그런데 예정보다 두 시간 이상 길어진 회의가 겨우 끝나고 이제 실행하는 것만 남았을 때, 나는 갑자기 심한 불안감에 휩싸였다. 지금 익숙한 이 일상생활에서 떠나 이른바 그 메이데이 같은 날이 매일 이어질 지하생활로 옮긴다. 과연 나는 그걸 견딜 수 있을까, 하는 불안이었다. 아니, 견디지 않으면 안 된다, 그걸 견디지 못하면 앞으로 나는 나 자신에 대한 자부심을 가질 수 없을 거다, 라고 스스로를 타일렀다. 하지만 그 불안감은 점점 부풀어서 나는 금방이라도 미쳐버려 와악 하고 소리라도 지를 것 같은 기분이 들었다. 나는 갑자기 당원들과 함께 있는 것이 못 견디게 싫어졌다. 혐오라기보다는 거의 생리적인 구토가 치밀었고, 이를 참을 수 없었다. 빨리 하숙집에 돌아가 혼자 있고 싶었다. 나는 학교 기숙사에 가서 한잔하자고 하는 그들과 헤어져 전철역으로 가는 버스를 탔다.

지금 생각해보면 모두 불안했던 게 분명하다. 그래서 책임자인 노세를 비롯해 다들 기숙사 방으로 한잔하러 돌아갔을 것이다. 노세는 총명하고 활동적이었다. 내 열등감의 일부는 확실히 녀석 때문이었다. 하지만 그 나이에, 아무리 노세라 해도 불안하지 않을 리 없었을 것이다. 그러나 그때는 타인의 불안을 알아챌 여유 따위 없었다. 흔들리는 버스에 몸을 맡기면서 나는, 또 배신할 것인가 하는 자문을 계속했다. 그리고 사실 그날 돌아오는 길에 이미 반쯤 배신했다.

그날 돌아오는 전철 안에서 우연히 역사연구회의 합동연구회에서 알게 된 도쿄 여자대학교의 사에키라는 여학생을 만났다. 시부야에서 꾸역꾸역 승객이 오르고 난 뒤, 구석 쪽에 있던 내가 문득 눈을 드니 문 쪽에 사에키 씨가 우두커니 서 있었다. 아, 저기 사에키 씨가 있구나, 그렇게 생각했다. 그런데 그렇게 생각한 순간, 나는 말할 수 없이 사람이 그리워졌다. 나는 이미 사에키 씨의 모습에서 눈을 뗄 수 없었다. 거기에는 나와 지금 헤어지고 온 세포 동료들과는 전혀 다른 곳에 사는 사람이 있다. 오늘 전철을 타고, 내일 전철을 타고, 그리고 모레도 같은 전철을 타고, 그렇지만 그걸 하나도 이상하게 생각하지 않는 사람이 있다. 나는 그런 사람들과 얼마나 멀리 떨어지게 되는 건가. 그렇게 생각했다. 더는 참지 못하고 사에키 씨 쪽으로 걸어갔다.

우리는 신주쿠에서 내려 커피숍에 들어갔다. 상당히 지친 얼굴의 사에키 씨에게 내가 무리하게 권했던 것이다. 무슨 말을 했는지는 기억나지 않는다. 아마 나 혼자만 실컷 떠들었을 것이다. 커피숍을 나와서도 도저히 헤어지고 싶지 않아서 산책을 하자고 청했다. 하지만 아무리 지껄여도 우리 사이는 가늠할 수 없을 정도로 벌어져 있었다. 그걸 깨닫고 나는 입을 다물었다. 사에키 씨도 피곤한 모습으로 입을 열지 않았다. 두 사람 다 한마디도 하지 않는 산책이 몇 분인가 이어졌다. 둘이 있으니 더욱 강한 고독감이 나를 압박했다. 그리고 끝내 나는 저항하기 힘든 외로움을 견디다못해 사에키 씨에게 내가 잠행할 거란 사실을 털어놓고 말았다. 연인 사이여도 해서는 안 될 얘기였는데.

나는 사에키 씨에게 내 비밀을 말해버렸다. 말을 하고 나자 갑자기 사에키 씨에게 내가 지금까지 아무한테도 말한 적 없는 내 이야기, 나의 약함, 내가 한 배신에 대해 모조리 지껄이고 싶은 충동에 휩싸였다. 나는 비공식 활동중에 죽을지도 모른다. 그렇게 생각했다고 하면 너는 비웃으려나. 그렇지만 그런 사례가 있었고, 나도 진지하게 그런 생각을 했다. 그렇다면 적어도 한 사람쯤은 나의 모든 것을 알아줘도 좋을 것이다. 나의 약함, 그로 말미암은 괴로움, 그래서 지금 지하활동에 참가하러 간다는 것, 그런 얘기 전부를 알고 이해해줄 사람이 한 사람은 있어도 좋을 것이다. 그렇게 생각했다.

하지만 다행히(라고 해야 할지) 사에키 씨는 몹시 지친 모습이었다. 잠행이라는 게 사에키 씨에게 충격을 준 것 같았다. 너무나 지친 모습에 나는 일단 꺼낸 내 과거 얘기를 더 할까 망설이다 그냥 포기해버렸다.

나중에 생각해보면 그건 정말 다행이었다. 나와 사에키 씨는 절대 친한 사이가 아니었으니. 그런데 그때는 얘기를 그만두어서 한층 더 외로운 기분이 들었다. 게다가 지금 이 편지를 쓰면서 생각해보니 정말 그게 다행이었는지 어땠는지 모르겠다. 왜 그때 억지로라도 털어놓지 않았는지. 사에키 씨는 지금 어디서 무엇을 하고 있을까.

사에키 씨는 그때 왠지 나 이외에 또 누가 잠행하는지를 몹시 궁금해했던 것 같다. 그러나 그건 내 입으로 말할 수 있는 일이 아니었지. 헤어질 무렵에 나는 사에키 씨에게 책을 한 권 주었다. 네가 감상적이라고 하건 민폐라고 생각하건, 역시 그날 사에키 씨를 만난 것은 정말로 기뻤다.

그후 약 10개월 동안, 나는 도호쿠 지방의 어느 산골에서 살았다. 처음에 생각했던 것과는 달리 몹시 단조로우면서도 긴장된 날들이었다. 거기에는 메이데이 날과는 전혀 다른, 그렇지만 똑같이 가슴을 파고드는 두려움이 있었다. 그곳에서 우리는 무엇을 생각했을까. 그 질문에 같이 잠행했던 한 친구가 복학한 뒤 "어떻게 하면 혁명이 일어날 수 있을까를 생각했다"라고 말하는 것을 들은 적이 있다. 아마 나도 그런 생각을 하고 있었을 것이다. 하지만 그와 동시에 나는 그 단조로운 생활 속에서 생겨나는 개인적 욕망이나 두려움을 어떻게 다스릴지, 마침내 무장봉기가 일어났을 때 어떻게 하면 도망치지 않고 싸울 수 있을지를 계속 생각했다. 그러나 끝내 자신을 이기지도 못했고, 도망치지 않겠다는 자신감도 얻지 못했다.

혁명은 일어나지 않았다. 이듬해 여름 당의 방침을 둘러싼 오랜 혼란에 종지부가 찍히고 군사조직은 해체되었고, 우리는 학교로 돌아왔다. 육전협에서 확인된 당 중앙 방침의 전환이 우리에게 준 충격은 너도 아는 대로다. 그러나 그때 내가 받은 충격은 그런 일반 당원들처럼 자신이 믿고 있던 것이 붕괴했다는 충격에만 그치지 않았다.

군사조직 해체 지령을 받았을 때 처음에 나를 덮친 것은 온몸의 힘이 빠져나가는 듯한 안도감이었다. 사람인 이상 그와 비슷한 반쯤 생리적인 감정을 전혀 느끼지 않을 수는 없겠지. 그러나 내가 느낀 안도감은 그것과 다르다. 더 구체적으로, 아, 이제 내 수치를 드러내지 않아도 되는구나 하는 기분이었다. 그리고 그

안도감이 다른 모든 감정을, 요컨대 당원으로서 마땅히 가져야 하는 감정이었다기보다, 10개월 동안 생활하며 당연한 결과로 품게 된 모든 감정을 압도해버렸다. 우리 사이의 혼란과 비판은 용서되지 않는다는 지령을 둘러싸고 밤을 새우며 나누었던 토론과 그다음에 밀려온 허탈감, 흐린 날씨, 산골짜기 작은 계곡에서 피어오르던 서류를 태우는 연기, 한여름 땡볕 아래 파헤쳐져 물기를 머금어 윤기 나는 붉은 흙의 냄새. 그 속에 하나둘 묻혀가는 낡은 소총과 도검, 그와 함께 일어난 다양한 인간들의 사건, 외부인에게는 절대 말할 수 없는 사건. 그런 가운데 나 혼자만은 나 자신 이외에 아무런 관심도 갖지 않고, 그저 기쁘다, 기쁘다고 내 의지와도 다른 생각을 계속했다.

그러나 다행인지 불행인지 나는 내가 기뻐하는 이유를 모르지 않았다. 내가 지하활동에 들어간 것은 당원으로 지낼 수 있을지 어떨지 한번 더 시험하기 위해서였다. 답은 안다. 내가 당원으로 통할 수 있는 것은 혁명이 일어나기 전까지일 뿐이었다. 혁명을 두려워하는 당원. 얼마나 우스운 존재인가. 나는 어차피 배신자다. 너도 알다시피 나는 학교로 돌아온 뒤 당을 떠났다.

그리고 지금에 이르기까지, 나는 더는 당으로 복귀하겠다는 생각을 한 적이 없다. 세상 사람들은 흔히 "학창 시절의 운동은 홍역 같은 거야. 시간이 지나 취직하면……" 하는 말을 한다. 지금은 대기업에 적을 둔 나는 겉으로 보기에 아마 전형적인 인물이겠지. 아니, 실제로 그런 전형적인 인물이 맞을 것이다. 하지만 이런 나도 사람들이 생각하는 만큼 그렇게 쉽게 전향한 건 아니다. 사람이 그럴 수야 없지.

당을 떠난 뒤 나는 되도록 조용히 살려고 했다. 원래 나약한 성격으로 태어난 내가 어처구니없이 당원이 되려고 한 자체가 잘못이었다. 남들과 다른 충실한 생활을 바랐던 것이 잘못이었다. 평범한 사내는 평범함에 어울리게 한쪽 구석에 찌그러져 얌전히, 적어도 남에게 폐는 끼치지 않도록 평생을 살면 된다. 나는 그렇게 생각하고 그렇게 실행하기로 마음먹었다. 실수로도 출세 같은 건 바라면 안 된다. 그건 배신을 배가시키는 일이다. 그저 조용히 살고 싶다. 그렇게 생각했다.

나의 장래를 그렇게 단념하기까지의 여정이 얼마나 고통스럽고 힘들었는지, 순조로운 길을 걸어온 너는 아마 모르겠지. 나는 너처럼 나 자신의 재능에 대한 자부심은 없었지만, 그래도 내 능력이 세상 보통 사람들보다는 뛰어나다는 것은 막연히 느껴왔다. 당에서의 몇 가지 경험으로 자신에게 실망했다 해도 그건 내 나약함에 대한 실망이지, 능력에 대한 실망은 아니었다. 평범한 세상에서라면 남들처럼, 아니면 그 이상의 일도 충분히 할 수 있을 거라고 생각했다. 그런 내가 일개 샐러리맨으로 끝내자, 절대 출세는 하지 말자고 결심하는 것은 절대 쉬운 일이 아니었다. 거기에는 확실히 무리가 있었다.

그러나 한번 결심하고 나니 그다음은 비교적 편해 보이더군. 사고방식부터 자연스럽게 이쪽으로 물들었다. 나는 일 년 늦게 법학부에 진학하여 혼고에서 이 년 동안 그 생각에 익숙해지면서 조용히 살았다. 색채는 없지만 평온한 생활이었다. 나는 점점 그런 생활을 사랑하게 됐다. 반년에 한 장, 열 달에 한 장, 클래식 레코드를 사 모으고, 예전의 내게는 어울리지 않았던 문학 서적도 책꽂이에 늘어놓게 되었다. 생각해보니 두 달쯤 전에 드디어 완결된 H전집도 그 무렵부터 나오기 시작한 것이었다. 최근에는 그저 타성으로 사들였던 H전집이지만, 처음에는 꽤 애착을 갖고 샀다.

이윽고 취직 철이 찾아왔지. 나는 전기회사나 언론사 등은 피하고 비교적 무난하다고 생각되는 철도회사 S전철을 선택했다. 그리고 작년 4월, 샐러리맨으로서 평범한 생활을 시작했다. 취직과 동시에 아무에게도 알리지 않고 교외인 K역 근처로 하숙집도 옮겼다. 회사와 하숙집과 지방에 사는 가족에게 이따금 소식이 오는 것 말고는 세상과 차단된 생활이었다.

아주 조용한 일상이었다. 나는 처음에 그런 생활에 몹시 만족했다. 책도 더 많이 사고 월급날이면 좋아하는 레코드를 사는 습관도 들이며 혼자 즐겁게 보냈다. 그러다 월급이 조금씩 오르니, 나의 성실함을 좋게 본 하숙집 아주머니가 갖고 오는 아가씨 사진 중에서 얌전하고 심지가 고운 사람을 골라 결혼이라도 할까 하는 공상도 했다.

그러나 직업을 갖는다는 것은 학창 시절 생각했던 것과는 한참 다르더라. 처음에는 생각했던 대로 하루하루가 흘러가는 것 같았다. 회사에서 돌아오면 편안한 마음이 되어 지금부터가 나를 위한 시간이라며 한가로이 책을 읽기도 하고 음악도 들으며 보냈다. 삼 개월의 수습 기간, 그후 반년을 그렇게 보냈다. 그로부터 머지않아 나는 한 가지 일을 맡게 되고 책임도 지게 되었다. 그러자 점점 자유로워야 할 내 시간에까지 일이 침투했다. 학생 시절에는 취직해도 일은 일, 내 시간은 내 시간, 내 생활은 그 후자에 있다고 딱 자를 생각이었다. 그런데 실제로 일을 가져보니 일과 생활을 분리하는 것은 전혀 불가능, 아니 오히려 일이 생활의 실체가 되어가더라. 그것은 의무인 일이 자유인 내 시간을 집어삼킨다는 의미가 아니라, 내 생활 속에서 일이 차지하는 의미가 바뀌더라는 말이지. 한마디로 말하면 일이 점점 재미있어져서 일이야말로 삶의 보람이 되어갔다.

완전히 모순이지. 내가 저지른 배신과 담합하기 위해 평생 이류의 지위 속에서 평온한 생활을 보내려고 마음먹었던 내가 일의 매력에 점점 빠져들어가다니.

그러나 나는 그 모순에 오래는 괴로워하지 않았다. 경박스럽다고 해도 어쩔 수 없을지 모른다. 일과 활동이 가진 매력이 불만 하나 없이 나를 포로로 만들어버렸다. 그리고 다행인지 불행인지 내 실무 능력이 입사 동기 중 누구보다도 뛰어나다는 걸 인정받 았다. 마침 S전철은 Y산 기슭에 대규모 관광단지 조성 계획을 추 진하였고, 나는 거기에 참가하게 됐다. 그리고 입사한 지 일 년째 인 올해 4월경에 나는 훌륭한 간부 후보로 등록되었지 뭐냐.

4월도 끝나갈 무렵, 나는 과장과 관광사업담당 부사장과 함께 간사이 지방으로 출장을 갔다. 물론 가방 들어주는 심부름꾼보다 약간 나은 정도지만, 그래도 입사 일 년 차인 내게는 어울리지 않 는 과분한 역할이었다.

이윽고 일주일 동안 계속된 출장도 무사히 마치고, 우리는 도 쿄로 돌아가는 길에 올랐다. 시즈오카를 지나 앞으로 두 시간 남 짓 가면 한참 못 본 도쿄의 불빛을 볼 수 있겠구나 싶었을 즈음, 부사장이 내게 넌지시 말했다.

"자네 내일 한가한가?"

다음날은 5월 연휴의 첫날이었다. 그래서 나는 부사장이 그렇 게 말하는 것은 분명 휴일을 반납하고 출근해서 출장 기록을 정 리하라는 거라고 생각했다. 일이 재미있어서 미칠 것 같은 내게 는 조금도 힘들지 않은 얘기였다.

"예, 시간 있으니 출근해서……"

내가 막 대답하려고 할 때였다. 부사장은 뜻밖의 말을 했다.

"그럼 하코네에 있는 내 별장에 들러서 내일 하루 놀다 가게."

나는 엉겁결에 과장의 얼굴을 보았지만, 과장은 이미 알고 있었는지 아무런 표정 변화도 없었다. 부사장이 아무 친분도 없는 일개 사원인 나를 별장에 초대하는 것이 흔한 일이 아니라는 것은 자명하다. 나는 부사장의 뒤를 따라 누마즈에서 내려 그의 별장에 따라갔다.

왜 그날 그의 별장에 초대되었는지 지금도 확실히는 모르겠지만, 대강 짐작은 간다. 도착한 그날은 이미 늦어서 맥주 상대만 잠시 하고, 나를 위해 준비해둔 방으로 바로 돌아가서 쉬었다. 그리고 다음날 아침, 아홉시쯤에 천천히 눈을 떠서(부사장은 전날 밤, 도우미가 깨우기 전까지 푹 자라고 일부러 말해주었다) 샤워를 한 뒤 테라스에서 부사장과 함께 아침식사를 할 때였다. 자동차 서는 소리가 나더니, 잠시 후 젊은 아가씨와 그녀의 어머니로 보이는 초로의 부인이 들어왔다. 부사장은 앉은 채 빵을 우물우물 먹으면서 그 두 사람을 친척이라며 내게 소개했다. 어머니 쪽의 이름은 잊었지만, 아가씨 쪽은 아야코라고 했다. 아마 나를 그 아가씨에게 소개하는 것이 부사장의 목적이었던 것 같다.

그렇지만 그건 맞선 같은 것이 아니었다. 아야코 씨는 전문대학을 갓 졸업한, 속되게 말해 낙엽 굴러가는 것만 봐도 깔깔 웃을 나이의 아가씨로 아직 결혼하고는 거리가 먼 느낌이었다. 다만 언젠가 결혼 적령기가 될 테니, 그때는 자기 마음에 드는 사람을 만나는 것이 가장 행복할 거라는 생각에, 주위 젊은이 중 괜찮다 싶은 몇 명을 사귀게 해 그중 아야코 씨가 마음에 들어하는 사람을 선택하도록 하자는 게 부사장의 생각이었음이 그의 말 곳곳에서 엿보였다. 그리고 나도 그 명예로운 후보자 중 한 명이 된 것 같았다.

이렇게 썼다고 해서 이 일로 내가 부사장의 사고방식을 비난하는 거라고는 생각하지 마라. 자식이 없는 부사장은 아야코 씨를 자기 딸처럼, 그리고 자기 딸이 아닌 만큼 더 자유롭게 사랑하고 아껴주는 모습이었다. 사람이 사랑하는 이를 위해 다소 에고이스트가 되는 건 어쩔 수 없는 일이지. 솔직히 말해서 그런 식으로 부사장의 친척 아가씨를 소개받은 것을 영광이라고 하면 좀 거창하지만, 그와 비슷한 것, 내가 인정받았다는 증거로 받아들였다. 나는 반쯤은 진심으로 다른 경쟁자를 물리치고 부사장이란 배경이 있는 이 명랑한 아가씨의 마음을 사로잡는 것도 나쁘지 않겠다고 생각했다.

노부인도 부사장의 생각에 찬성하는 것 같았다. 부사장이 서재로 물러난 뒤 우리 세 사람은 과일을 먹으면서 잡담을 하고 아직 조금 쌀쌀한 별장 근처를 산책하기도 했다. 그러다 내가 음악을 좋아한다는 걸 알게 된 노부인이 "그럼 이 아이를 음악회에 한번 데려가주세요"라고 말했다. 물론 아야코 씨는 클래식보다 재즈나 스포츠 쪽을 좋아하는 것 같았지만.

점심을 먹고 나서 잠시 휴식을 취한 뒤 아야코 씨의 제안으로 골프를 치게 되었다. 말이 골프지 골프장에 가는 게 아니라, 별장

정원 한쪽에 마련해둔 작은 연습장에서 골프를 모르는 내게 클럽 쥐는 법을 가르쳐주는 것이었다.

부사장도 같이 합류해서 한 삼십 분쯤 클럽을 휘둘렀을까. 공을 치는 일은 생각보다 훨씬 어려웠지만, 그래도 내가 얼마나 만족스러웠는지는 설명하지 않아도 알 거라 생각한다. 능력을 인정받은 출장, 부사장의 별장 초대, 파란 잔디밭 위에서의 골프, 그것도 손을 잡고 가르쳐준 사람이 몸도 마음도 정말로 건강하게 자란 밝고 아름다운 아가씨였다. 나는 어색한 자세와 헛스윙으로 웃음을 사는 것조차 진심으로 즐기면서 클럽을 휘둘렀다. 부사장도 옆에서 지켜보거나 나란히 클럽을 휘둘렀지.

그런데 내가 몇번째인가 헛스윙을 하고 이번에야말로, 하는 표정으로 진지하게 클럽을 들었을 때였다.

"어머나, 왜 그러세요?" 하는 아야코 씨의 목소리에 문득 뒤를 돌아보니 지금까지 내 뒤에서 클럽을 휘두르던 부사장이 정원 한구석에 쭈그리고 앉아 고개를 숙이고 있었다.

"아니야, 별일 아니다. 헛구역질이 좀 났을 뿐이야."

잠시 후 부사장이 그렇게 말하며 일어났지만, 손은 아직 위 언저리를 누르고 있었다. 그걸 본 아야코 씨는 밝고 구김살 없는 목소리로 말했다.

"삼촌 요즘 자주 그런 말씀 하시네요. 위암일 거예요, 분명."

그건 농담이었다. 아무런 죄도 없는 자신이나 가족이 그런 병에 걸릴 리 없다고 확신하는 지나칠 정도로 밝은 농담이었다. 그러나 그 말을 들은 부사장의 얼굴에는 움찔하는 표정이 떠오르고, 지금까지 기분좋았던 모습은 순식간에 사라졌다. 그 대신 급격히 어두워졌다. 섬뜩할 정도로 가라앉은 표정이 얼굴에 역력했다. 부사장은 그 표정을 감추듯이 우리에게 등을 돌리고 "말도 안되는 소리 하지 마라!" 하고 내던지듯이 말하고, 평소와는 달리 다급하고 신경질적인 걸음으로 안채 쪽으로 걸어가버렸다.

어안이 벙벙하여 그 뒤를 지켜보고 있는 내게 아야코 씨는 쿡쿡 웃으면서 "삼촌은 몸에 관해서 얘기하면 늘 저래요. 그러면서 의사를 지독하게 싫어하니 문제죠"라고 말하고 아무 일도 없었던 것처럼 내게 다시 골프공을 치라고 재촉했다.

부사장은 지금도 건강하게 일을 계속하고 있는 걸로 보아, 아마 가벼운 위궤양 같은 것이지 암은 아닌 것 같다. 그러니까 그런 농담을 한 아야코 씨가 옳았던 것이다. 하지만 나는 그날 오후에 본 부사장의 어두운 표정이 계속 어른거려, 그전까지처럼 별장에서의 행복한 봄날을 즐길 수 없었다. 아야코 씨와 골프 클럽을 휘두르거나 가벼운 레코드를 들으면서도 내 머리에서는 부사장 일이 떠나지 않았다. 나는 부사장의 기분을 알 것 같았다.

부사장이 정말로 암이라고 생각한 건 아니다. 부사장 자신도 진지하게 그렇게 생각하지는 않았을 것이다. 그렇지만 부사장은 암에 걸린 게 아닐까 하는 걱정을 늘 마음 한구석으로 하고 있었을 것이다. 평소에는 자신에게조차 숨기는 걱정이 아야코 씨의 말로 드러나버린 거라고 생각했다. 아니, 부사장의 마음을 더 읽어보자면 부사장이 그때 슬쩍 엿본 것은 암이라는 구체적인 병이 아니라 그의 죽음이었던 게 아닐까.

아야코 씨는 갓 스물이 되었다. 암이라는 단어를 아무런 무게도 느끼지 않고 가볍게 말할 수 있는 것은 그 젊음의 특권이다. 나 역시 스무 살 때는 사람이 한 번은 죽는다는 걸 알면서 그것이 내일이라도 나를 찾아올지 모른다는 생각 같은 건 해본 적이 없었다. 아니, 그것이 언젠가는 찾아온다는 것조차 진지하게 느낀 적이 없다. 그래서 노인도 똑같이 태평스러울 거라고 생각했다.

부사장은 젊어 보이긴 하지만, 예순을 몇 살 더 넘긴 나이다. 자기 앞에 남은 세월이 그렇게 길지 않다는 것은 이따금 부사장의 의식 속에도 문틈으로 들어오는 바람처럼 몰래 들어올 것이다. 그리고 평소에는 바쁜 일상으로 얼버무려지는 죽음의 그림자가 아야코 씨의 말로 새삼 되살아나, 흡족한 기분으로 있던 부사장의 마음을 차갑게 가로지른 게 아닐까. 그렇게 생각했다.

하지만 그렇다 해도 내 마음에 음화陰畵처럼 새겨진 부사장의 너무나 어두웠던 표정을 반추하노라면, 인간의 행복이란 대체 무엇일까 하는 의문이 점차 마음속으로 퍼져갔다. 어쩔 수 없었다. 자신의 죽음을 생각했을 때, 그토록 어두운 표정을 지어야 한다면 사람이 살아서 얻는 행복은 대체 무엇인가 하는 의문이다.

이윽고 저녁식사 시간이 되었다. 부사장은 아무 일도 없었던 것처럼 기분좋은 얼굴이었다. 그리고 아야코 씨가 만든 프렌치드레싱 샐러드를 비롯해, 단순하지만 풍성한 식사와 식후 과일을 다 먹었을 무렵에는 나도 일단 밝은 기분을 되찾고 있었다. 나는 잠시 쉬었다가 자고 가는 아야코 씨와 부사장에게 인사를 하고, 별장 문을 나와 전체적으로 근사했던 하루를 가슴속으로 한번 더 되뇌면서, 조금 떨어진 버스 정류장 쪽으로 걸어갔다.

공교롭게도 버스는 막 출발한 뒤여서 막차인 다음 버스까지 이십 분 정도 기다려야 했다. 나는 저녁식사 때 마신 포도주의 취기로 화끈 달아오른 뺨을 식히면서, 그 주변을 어슬렁거렸다. 산 위여서 사방은 완전히 어둠에 싸여 있었다. 아래로 보이는 국도 주변을 자동차 불빛이 끊임없이 흘러갔다. 그곳에서 이따금 멀리 경적 소리가 들려왔지만, 그것이 끊기면 그저 벌레 소리만이 주위에 퍼졌다. 하늘은 절반 이상 흐렸고 그 어두운 하늘의 갈라진 틈으로 별이 두세 개씩 반짝거렸다. 으스스할 정도로 고요하고 희한하게 외로운 풍경이었다. 나는 전에도 그걸 본 적 있는 것 같은 기분이 들었다. 멀고먼 옛날, 몇백 년, 몇천 년도 더 전에 내게 친숙했던 풍경 같았다.

그것은 어쩌면 전에 읽은 소설의 한 장면이었을지도 모른다. 하지만 그 외로움은 내 몸에 사무쳤다. 그리고 어둠 속에서 아야코 씨네와 즐거운 저녁식사를 하느라 잠시 잊고 있었던 아까의 그 우울한 기분과 부사장의 표정이 다시 마음에 되살아났다.

부사장은 지금 더할 나위 없이 행복한 상황일 것이다. S전철 유일의 실력자로서 재계에서의 지위도 그렇게 낮지 않다. 인생의 전반을 관직에서 보내고, 전후 실업계로 옮겨와 그곳에서의 업적도 대단하다. 전쟁 전에는 일개 마트에 지나지 않았던 S백화점을 전후 재빨리 도심으로 진출시켜 도내 3대 백화점의 하나로 키운 것을 비롯하여, 재계 소식통이라면 그를 다섯 손가락에 꼽을 정도이다. 그리고 지금은 업계의 선구자로 Y산 개발에 나섰다. 그런 사회적 활동이 그에게 절대 불충분하지 않은 경제적 대가를 가져다주리라는 것은 분명하다. 가정의 행복은 타인이 엿보아서 알 수 있는 게 아니지만, 사회인으로서는 더 바랄 것 없는 높은 지위와 충분한 보수와 장래의 일을 확보하고 있다. 그런 부사장이 자기 죽음을 생각했을 때 그토록 괴롭고 쓸쓸한 표정을 지어야 한다면, 지위며 보수며 일 같은 건 대체 무엇인가.

하늘을 올려다보니 구름이 흐르고 있었다. 지금까지 반짝거렸던 별이 스르륵 사라지자 그 옆에서 다른 별이 깜박거렸다. 하지만 그것도 이내 사라지고 또다른 곳에서 다른 별이 빛나기 시작했다. 나는 아, 저것이 사람의 생명이구나 하는 감상적인 생각을 지울 수 없었다. 그리고 저 별이 사라지듯이 생명이 사라지는 순간, 사람은 대체 무엇을 떠올릴까 생각했다.

부사장이 떠올리는 생각은 S백화점 1층에서 2층을 가로지르며

서 있는 도스트 카르에의 〈여신들의 오후〉 조각상일까, 경쟁 상대인 K급행을 누르고 남부 간토 지방에 펼쳐진 버스 노선망일까, 아니면 머잖아 Y산 기슭에 솟을 5층짜리 레저센터 빌딩일까…… 어쩌면 부사장은 죽음이 임박해서 떠올릴 게 아무것도 없는 건 아닐까. 만약 그렇지 않다면 그 공허하고 쓸쓸한 표정은 대체 무엇일까. 그런 생각이 어둠 속에 멍하니 서 있는 내 머릿속을 어지러이 돌아다녔다.

시간이 꽤 지났다. 이제 슬슬 막차가 와도 좋을 시간이었다. 나는 주머니에서 성냥을 꺼내 불을 붙여, 그 불빛으로 손목시계를 들여다보았다. 의외로 시간이 흐르지 않아서 아직 오 분 정도 남아 있었다. 나는 성냥을 껐다.

그 불꽃을 불어서 껐을 때, 문득 어떤 의문이, 어떤 물음이 떠올랐다. 나는 죽음을 앞두고 무엇을 생각할까? 문득 그런 생각이 들었다.

그런데 그렇게 생각한 것과 거의 동시에 무서운 답이 번개처럼 번쩍였다.

'나는 배신자다!'

그렇게 생각하겠지.

나는 나 자신에게 그렇게 대답하고 있었다. 그 이외에 어떤 답도 없다는 것을 바로 알아차렸다.

이 긴 편지도 슬슬 끝이 가까운 것 같구나. 그날 밤, '나는 배신자다'라는 말을 속으로 중얼거리면서 버스도 기다리지 않고 터덜 터덜 걷기 시작했다. 그리고 차가운 이슬이 내리는 한밤을 열에 들뜬 듯이 걷고 걸어서, 다음날 아침해가 두꺼운 구름 사이로 비칠 무렵에는 오다와라를 지나 고즈 해안에 와 있었다. 걷다 지친 몸으로 모래 위에서 쉬며 어두운 바다의 출렁거림을 보고 있으니 점차 전날 밤의 흥분이 사라져갔다. 하지만 그것과 교대하듯 뭐라고 표현할 수 없는 나른함이 온몸에 스며드는 것 같았다.

이윽고 연휴도 끝나고 이전처럼 바쁜 일상으로 돌아왔지. 그러나 나는 이제 모든 게 귀찮게만 느껴졌다. 겉으로 보이는 생활에는 아무런 변화도 없지만 마음속으로는 모든 것이 귀찮았다. 굳이 그것을 말로 표현해보자면, 결국 죽을 때가 돼서 생각나는 일이 과거에 저지른 배신이라면 지금 생활은 대체 무엇인가 하는 생각이지만, 실제로 내가 느끼게 된 것은 그런 논리로도 따질 수 없는, 사는 것에 대한 귀찮음이었다. 날마다 일하는 것도 귀찮고 아야코 씨를 음악회에 데려가는 것도 귀찮았다. 아니, 아침 일찍 일어나는 것도, 식사하는 것도, 밤에 잠자리에 드는 것조차도 귀찮았다. 그것은 내가 또하나의 나와 소리가 통하지 않는 유리벽으로 차단되어, 저쪽에 있는 나는 종일 아무 의미도 없이 뭔가를 하고 있지만, 이쪽의 나는 그걸 그저 우울하게 바라보는 느낌이었다. 그리고 그런 매일 속에서 죽음이라는 생각이 서서히 내 마음에 싹트기 시작했다.

처음에는 아주 눈에 띄지 않는 형태로 시작했다. 예를 들면 화창한 초여름 아침 출근 도중 시가지의 건널목에 발을 내딛는 순간이나, 나른한 오후 창밖에 늘어선 빌딩으로 도려내진 한 조각의 하늘에 하얀 구름이 흘러가 펜을 멈추고 하염없이 생각에 잠겨 있을 때, 문득 뜬금없이 자살이라는 상념이 남의 일처럼 내 의식을 스치다 이내 사라져갔다. 그것은 잽싼 요정의 날개처럼 가볍고 자연스럽게 아무 흔적도 남기지 않고 날아가버리는 것 같았다.

그러나 한번 그런 상념이 일자 그것은 점점 또렷한 형태를 띠었고, 그 생각의 방문은 갑자기 빈번해졌다. '죽으면 편할 거야. 더는 나른하지도 않을 거야.' 그런 속삭임이 일을 잠시 멈추었을 때, 동료와의 잡담이 잠시 끊겨 공백이 생겼을 때, 그리고 한밤중에 눈을 떴을 때도 재빨리 파고들었다. 결국에는 한창 일하는 중에도, 귀가하는 만원 전철에서도, 낮게 윙윙거리는 꿀벌의 날갯소리처럼 끊임없이 내 귀에 들렸다. 결국은 하나의 연속된 관념이 되어 나와 생활을 함께하게 되었다. 그리고 나는 점점 그 관념이 내 일상을 덮고 있는 귀찮음의 당연한 귀결이라는 것을 깨달아갔다.

그렇게 해서 나는 이 산장에 왔다. 지금 여기까지 쓰고 생각해보니, 이걸 쓰기 시작했을 때 문득 내 마음에 싹트려던 희망은 헛된 생각에 지나지 않았던 것 같구나. 저 보스턴 가방 안에 있는 수면제에 손을 대지 않고 도쿄로 돌아간다 해도 거기서 나를 기다리는 것은 무엇이겠니. 나른함, 뭐라고 표현할 수 없는 나른함 속으로 돌아갈 뿐이겠지. 내가 여기 온 것은 뚜렷한 각오가 있어서는 아니었다. 그저 모든 것이 참을 수 없이 나른한 기분으로 나 자신이 아닌 무엇인가에 의해 팔다리가 움직여지는 듯한 느낌으로 수면제를 사 모아서 기차에 탄 것이다. 그 나른함, 삶에 대한 귀찮음과 죽으면 모든 것이 편해질 거라는 속삭임이 한데 녹아 있는 나른함. 이제 더는 거스를 힘도 없고 그럴 마음도 없다. 나는 나를 여기까지 데리고 온 내가 아닌 무엇인가에 나를 맡길 것이다. 그것은 분명히 나를 위해 수면제 뚜껑을 열어 나른한, 팔다리가 축 늘어지고 녹아들 듯한 잠 속으로 가라앉혀주겠지. 그 나른한 잠 속에는 나른함조차 서서히 녹아들겠지.

　잘 있어라, 냉정하고 강한 나의 감시자! 나는 이것으로 너의 시선으로부터도 벗어날 수 있겠구나. 안녕, 나의 차가운 눈.

제3장

사노의 긴 편지를 다 읽었을 때, 시간은 새벽 세시를 지나고 있었다. 지친 눈을 쉬기 위해 나는 형광등을 끄고 창가에 섰다. 커튼 사이로 보이는 어두운 겨울의 밤하늘은 오늘도 반쯤 흐리고, 옅은 별빛이 드문드문 반짝거리다 스러졌다.

토요일 오후, 하숙집에 온 세쓰코에게 나는 사노가 자살했다고 간단히 전하고 그 편지를 건넸다. 세쓰코는 놀란 모습이었지만, 아무 말도 하지 않고 묵묵히 편지를 갖고 돌아갔다.

그 다음주 화요일, 나는 세쓰코네 집으로 갔다. 마침 그날은 대학 2학년생인 세쓰코의 바로 아래 남동생 생일로 저녁식사에 이웃에 사는 친한 여자친구도 초대되었다. 식탁에는 포도주도 놓여 있고, 화려하진 않지만 오붓한 축하 분위기였다. 세쓰코네 집에서는 가족 생일마다 축하를 거르지 않는다. 정말 단란한 가족의 분위기가 감돌았다. 아직 고등학생 같은 그 여자친구가 세쓰코의 동생과 함께 심야버스로 가루이자와에 스케이트 타러 가는 것을 집에서 간신히 허락받아 그날 밤 어린 연인들은 아주 들떠 있었다.

저녁식사가 끝난 뒤에도 여동생들이 제안한 카드놀이를 같이 해주기도 하고, 노래자랑의 심사를 보기도 하다가, 우리가 세쓰코의 방으로 돌아온 것은 이미 아홉시가 넘어서였다.

세쓰코는 최근 큰 책상을 여동생에게 주고 대신 오래된 앉은뱅이책상을 방 한쪽 구석에 두고 있었다. 세쓰코는 책장 앞에 나를 앉히고, 자기는 그 작은 앉은뱅이책상 앞에 앉아 옆모습을 보인 채 내 쪽을 쳐다보지 않았다.

"왜 그래? 그런 데 앉아서."

내가 말하자 "아니, 아무것도 아니야" 하고 대답하면서 책상 위에 있던 사노의 편지를 손에 들고 내 쪽을 보았다. 그 얼굴은 불빛 탓인지 아까 동생과 놀 때와는 달리 몹시 지쳐 보였다. 세쓰코는 사노의 편지를 그 무게를 가늠하듯이 두세 번 흔들어 보이더니, "자" 하고 내게 내밀었다.

"읽었어?" 내가 묻자 세쓰코는 "읽었어"라는 말만 하고 잠시 침묵하고는, 그것과 무관한 얘기를 꺼냈다.

"나 있지, 직장 그만두고 싶어."

"앞으로 넉 달 정도밖에 안 남았잖아?"

"그건 알지만……"

세쓰코가 중얼거리듯이 말하고 고개를 숙이더니 혼잣말처럼 "나도 대학원에라도 갈 걸 그랬어" 하고 덧붙였다.

"진심이야?"

나는 세쓰코의 얼굴을 보았다. 세쓰코는 얼굴을 비스듬하게 숙이고, 잠시 생각에 잠긴 듯 보였다.

만약 그때 세쓰코가 진심이라고 말했다면 난 무리를 해서라도 그렇게 할 수 있도록 노력했을 것이다. 세쓰코의 바람은 되도록 들어주고 싶었다. 왜냐하면 내가 할 수 있는 것이 고작 그 정도라고 어렴풋이 느끼고 있었으니까.

그러나 세쓰코는 바로 고개를 저었다.

"아니, 잠깐 그런 생각을 해본 것뿐이야. 그보다 결혼해서 빨리 둘이 살고 싶어."

그러고는 내 손을 잡고 손가락을 한 개 한 개 어루만지더니, 다시 그 손가락을 한 개 한 개 접어서 주먹을 만들어 소중하게 챙겨두듯이 내 무릎 위에 돌려놓았다.

"그냥 말이야, 내가 평생 할 수 있는 일로 뭐가 좋을까 하는 생각이 들었어."

세쓰코의 그런 말에 대답해주지 못하는 나 자신이 안타까웠다. 또 부끄럽기도 했다. 그런데 평생 할 수 있는 일이란 대체 무엇일까. 나는 그걸 갖고 있다고 말할 수 있을까?

"춥네." 내가 말했다. 세쓰코도 분위기를 바꾸려는 듯이 "그러게"라고 대답하더니 "지금 고타쓰 준비할게" 하고 일어섰다.

그날 밤은 숙모들이 권하기도 하고 시간도 늦어서 결국 세쓰코 네 집에서 잤다.

밤부터 기온이 점점 떨어져 눈이 내렸다. 다음날 아침까지 눈이 그치지 않고 바람마저 불어서 도쿄에서는 드물게 눈보라가 쳤다. 세쓰코는 아직 손님방에서 자는 나를 들여다보며, "밖에 추워. 하루 더 여기서 쉬어" 하고는 출근했다.

그 참에 일어났지만 밖을 보니 정말로 하숙집으로 돌아가기가 좀 겁나는 날씨였다. 다행히 필요한 책도 갖고 있어서 나는 그날 하루 세쓰코의 방 고타쓰에서 책을 읽으며 보냈다.

밤에도 나는 책을 읽었고, 세쓰코는 옆에서 쉬기도 하고 잡지를 뒤적이기도 했다. 그 잡지는 아마 『예문사조』 과월호였던 것 같다. 그걸 보면서 세쓰코가 내게 말을 걸었다.

"이 F선생의 수필 읽어봤어?"

나는 그 글을 기억하고 있었다.

F선생은 세쓰코의 친구 요코가와 가즈코의 상대 교수다. '샤리에 교수의 추억'이라는 제목의 그 글은 젊었을 적 프랑스 유학 시절 이야기로 아주 평범한 글이었는데, 내용 중에 그가 거리에서 젊은 여자와 같이 있는 노교수 샤리에를 만난 일이 담겨 있었다. 그는 그녀가 샤리에 교수의 딸이라 생각했는데 나중에야 부인이

란 걸 알았다. 노교수가 몇 년 전에 첫번째 부인을 잃고 첫 제자이자 나중에 비서가 된 그 아름다운 부인과 재혼한 것은 "유명한 이야기라고 하는데, 한심하게도 나는 그 사실을 몰랐다. 그렇긴 하지만, 당시 젊었던 나는 이 이야기를 듣고 교실에서는 엄한 노교수님의 인간미 넘치는 일면을 본 것 같아서 훈훈한 기분이 들었다"라고, 그는 쓰고 있었다.

보통 같으면 읽고 잊어버릴 만한 글이었지만, 그런 이야기를 쓴 사람이 요코가와 가즈코의 상대인 F교수라는 것과 그가 '젊은 나는'이 아니라 군이 '젊었던 나는'이라고 쓴 것이 조금 걸려서 나는 그 문장을 기억하고 있었다.

"읽었어."

"요코가와 씨 말이야, 선생님의 부인이 죽었으면 좋겠다고······ 아니, 그렇게까지는 아니어도 부인이 만약 죽는다면, 하고 생각하지 않을까."

세쓰코의 말대로일지도 모른다고 생각했다.

"그래서 맞선을 본 건지도 몰라. 자신을 벌주기 위해서랄까, 자신을 막기 위해서."

"산다는 건 역시 어딘가 두려운 부분이 있는 것 같아······"

세쓰코는 그렇게 중얼거리고는 얼굴을 들고 물었다.

"맞다, 맞선을 봤다는 미야시타 씨한테 요코가와 씨 얘기 뭐라고 대답했어?"

그 주 월요일, 나는 미야시타를 만났다. 나는 그의 질문에 "아주 순수한 사람이라고 합니다"라고 대답했다. 그 밖에 내가 어떤 대답을 할 수 있을까.

그 얘기를 세쓰코에게 했다. 세쓰코는 "맞아. 정말 그래" 하고 말했다.

미야시타는 그때 내 대답에 활짝 웃는 얼굴로 이렇게 말했다.

"I선생님이 소개해주신 거라 오하시 군한테 묻는 건 선생님께 실례지만……"

I선생님이란 요코가와 가즈코의 상대인 F교수와 동료인 영문과 교수다. 나는 역시 이 이야기는 F교수에게서 나왔구나 생각했다.

미야시타는 목소리를 낮추더니 살짝 고개를 숙이고 말했다.

"이번 일로 나는 I선생님과 불문과 F선생님, 그 밖에 여러 선생님들로 자연스럽게 만들어진 공동체가 우리를 감싸고 있다는 사실을 깨달았습니다. 요코가와 씨는 F선생님의 애제자로 F선생님을 통해 소개받았어요. F선생님은 지방에 사시는 요코가와 씨의 부모님을 대신하기라도 하듯이 좋은 혼처를 찾고 계셨던가봅니다. F선생님은 맞선 자리에도 와주셨어요. 학문의 세계가 학문의 세계로서 흔들림 없이 구축되기 위해서는 이런 인간적 배려가 빠지면 안 된다는 사실을 새삼 느꼈지요."

그 눈 오는 수요일 밤에 나는 세쓰코에게 미야시타의 이 이야기를 전했다. 세쓰코는 "그랬구나, F선생님이 맞선 보는 자리까지……" 하고 끄덕이면서 듣더니, "요코가와 씨, 무섭지 않을까"
라고만 말했다.

그 다음주 목요일 밤, 나는 편지를 돌려주러 소네의 집을 찾았다.
유리를 끼우지 않은 구식 격자문을 열자, 현관 바로 왼쪽 옆인
소네의 방에서 젊고 명랑한 여자 목소리가 들렸다. 아래를 내려
다보니 손님이 왔는지 그 무렵 유행하던 끝이 뾰족한 베이지색
여자 구두가 현관 댓돌 위에 가지런히 놓여 있었다. 이름을 부르
자 소네가 바로 방에서 나왔다.

"오하시구나. 일부러 갖고 왔냐. 들어와라."

들어가는 건 좀 그랬다. 편지만 돌려주면 된다. 모르는 여자 손
님과 같이 시시한 대화를 하기에는 조금 지친 기분이었다.

하지만 소네는 내게 아무 양해도 없이 뒤를 돌아보고 말했다.

"어이, 나와봐. 오하시야."

그리고 일단 닫은 방문을 다시 열었다.

내가 그쪽을 보자 조금 멋쩍은 얼굴로 내다본 것은 대학원 1학
년인 야마기시 노리코였다. 야마기시 노리코는 좀 놀란 듯이 "안
녕하세요" 인사하고는 "들어오세요. 저는 막 가려던 참이었어요"
하고 덧붙였다.

그건 정말인 것 같았다.

"잠깐 어머니께 인사드리고 올게요."

야마기시 노리코가 작은 소리로 소네에게 말하고 안쪽으로 들어갔다. 나는 그 뒷모습을 보면서 구두를 벗고 올라가 소네의 방으로 들어갔다. 소네는 현관에 남았다.

노리코는 바로 돌아와서 배웅 나온 소네의 어머니와 다정하게 인사를 나누었다. 소네의 목소리도 거기에 섞였다. 나는 문 이쪽에서 그걸 듣고 있었다.

문이 조금 열리고 소네가 얼굴만 들이밀었다.

"잠깐 역까지 바래다주고 올게. 금방 올 거야."

그리고 두 사람은 나가는 것 같았다.

나는 고타쓰에서 몸을 덥히면서 멍하니 소네가 돌아오기를 기다렸다.

소네의 방은 내게도 정겨운 곳이었다. 내가 처음 놀러왔을 때는 아직 커다란 붙박이 책장이 없었고, 복도에 내놓은 조립식 책장이 놓여 있었다. 얼마 뒤 커다란 책장이 들어오면서 그곳은 점점 다양한 책으로 메워져갔다. 어떤 때는 사회과학 서적이, 어떤 때는 미술 서적이 늘어났고, 언젠가부터 문학 서적이 두드러졌다. 지금은 아래 칸부터 중간 칸까지는 주로 영문학 관련 원서가 꽂혀 있고, 마르크스 전집 등은 제일 위 칸으로 옮겨져 있지만, 그래도 그때 처음으로 번역된 팔미로 톨리아티나 그람시도 거기에 꽂혀 있었다. 책장에 꽂힌 책이 그렇게 달라져가는 동안 그 옆에서 나와 소네는 다양한 얘기를 나누었다. 나는 소네가 본인의 평소 생활과 사상이 동떨어지는 것을 얼마나 싫어하는지 보아왔다. 그런 소네를 좋아하는 여자아이들이 이 방에 소네와 함께 앉기를 바랐다. 그러나 한편으로 그녀들이 사상보다는 여성스럽고 부드러운 일상을 사랑해서 소네에게 완고한 거절을 당하는 것도 보아왔다. 그런데 지금 드디어 그 예쁘고 명랑한 야마기시 노리코가 이곳에 앉게 된 것 같다. 이런 것이 삶인가…… 하는 감회가 내 마음속에 무겁게 가라앉았다.

소네는 머잖아 돌아왔다. 고타쓰를 사이에 두고 내 맞은편에 앉았다. 내가 편지를 돌려주자 그걸 받아들고 긴장한 얼굴로 "읽었구나"라고 했다.

그는 내가 끄덕거리는 것을 보고 말을 꺼냈다. 역에서 돌아오는 길에 무슨 말을 해야 할지 생각하고 온 것 같았다.

"사노는 자기 주관에 빠져 있었어. 학생운동을 할 때도, S전철의 모범 사원이었을 때도, 그리고 자살할 때도. 사노가 보고 있던 현실은 복숭앗빛 환상이거나 검은 벽이었어. 그건 어느 쪽도 우리 앞에 놓인 진정한 현실, 요컨대 결코 우리 의지대로 움직일 리 없지만 동시에 우리의 행위를 아무 반향 없이 흡수하는 것도 불가능한 이 현실과는 아무 관계도 없는 것이었어. 신경성 혹이라는 걸 아니? 물리적으로는 아무렇지 않아도 자신이 부딪혔다고 믿으면 거기에 혹이 생기는 일이 있다고 하더라. 사노의 배신, 사노가 현실의 벽에 부딪혀서 생긴 혹이라고 믿고 있던 배신도 그런 신경성 혹에 지나지 않았어. 사노는 자살했지만 정말로 현실에 부딪히고 현실을 변화시키려고 노력하는 괴로움은 몰랐던 거야. 사노의 죽음은 무의미한 죽음이었어. 이것이 내가 사노의 편지를 읽고 할 수 있는 말이야."

소네는 그렇게 단숨에, 그러나 한마디 한마디 분명하게 말을 마치고는 갑자기 소리를 낮춰 얘기를 계속했다.

"요전에 너한테 듣고 생각해보았는데, 역시 네 말대로 나는 사노를 용서하지 못하는 건지도 몰라. 이런 나를 비난한다면 네가 정치운동에 진지하게 참여하지 않았기 때문일 거야. 너는 몰라. 당원들에게 둘러싸여 그들의 의견과 현실의 차이를 지적한 놈이 소시민 의식이니 비계급적 의견이니 하는 꼬리표가 붙어 욕먹는 걸 견디는 게 어떤 건지. 대부분이 당원인 위원회에 나가서 긴긴 토론 끝에 표결할 때, 사전에 세포회의에서 의견을 통제당하고 온 녀석들이 지금까지의 토론과는 무관하게 얼마나 무심하고 차가운 눈초리로 벽을 만들고 일제히 손을 드는지. 그 차가운 눈을 견딘다는 게 어떤 것인지…… 그건 네가 이해하지 못할 거야."

소네는 잠시 말을 끊고 내 얼굴을 보았지만, 다시 낮은 톤으로 계속했다.

"사노는 말이야, 이 편지에 내가 차가운 눈빛, 너무나 냉정한 눈빛으로 보았다고 썼지. 하지만 생각해봐. 사노가 쓴 학급회의 이야기는 고등학교 1학년 때 일이야. 고등학교 1학년이 그렇게 냉정할 수 있을까? 그 무렵 한국전쟁과 공산당 간부 추방 때문에 갑자기 그때까지 몰랐고 알려고도 하지 않았던 정치라는 것이 내 눈앞에 들이밀어졌어. 그 복잡함과 내 무지에 자기혐오에 빠질 정도였어. 내 주위에는 자신만만하게 지껄이고 행동하는 당원들이 있어서 더욱 그랬지. 차가운 눈빛을 보낼 여유 따위 없었다고. 그렇지만 한 가지 내가 꼭 지키려고 했던 건 있어. 그건 아무리 많은 사람이 찬성하는 일이어도, 아무리 겉으로 잘 다듬어져 있어도, 내 생각에 처음부터 끝까지 납득이 가는 일 말고는 아무것도 믿지 않겠다는 것이었어. 사람들은 믿는다는 것은 아름답다고 말하지. 하지만 난 믿는다는 것은 어딘가 추하다고 생각해. 나는 당원들이 신나게 토론하는 한쪽 구석에서 필사적으로 이것은 아직 내가 다 아는 일이 아니라는 생각을 했어.

그런 걸 보고 사노는 차갑다고 말했을 거야. 그것도 좋아. 그렇지만 사노의 편지는, 아니 사노의 체험은 언제나 그런 사노의 의식 내부에서 일어나. 외부에서 사노의 의식을 깨부수어줄 수가 없었어. 나는 메이데이 사건에는 같이 있지 않았지만—그것도 사노의 말처럼 냉정하게 피했던 게 아니야. 나 자신이 납득이 가지 않는 일에는 끼어들지 않겠다고 생각하면서도 한편으로는 역사의 중요한 장면에서 스스로 퇴장한 건 아닌가 하는 생각을 했었어—경찰과의 충돌은 나도 스나가와에서 경험했어. 그러나 충돌이란 사노가 편지에서 쓴 것처럼 항상 도식적으로 설명할 수 있는 것만은 아니야. 그야 아프고 무섭고 지독한 일을 겪었지. 하지만 지금 기억하는 것은 젊은 경찰 한 명의 일그러진 듯한 얼굴뿐이야. 그 녀석은 말이야, 스크럼을 짜고 있는 우리 시위대 앞에서 경찰봉을 들고 덤비는 시늉을 하면서도 다른 경찰처럼 경찰봉을 스크럼 사이에 억지로 비틀어넣지 않고, 울음을 터뜨릴 것 같은 얼굴로 '손을, 손을, 풀어요!' 하고 소리치고 있었어. 충돌이란 건 그런 거야. 그 이상은 설명하기 어려워."

소네는 갑자기 뭔가가 떠올랐는지 얘기를 멈추었다. 그리고 바로 낮은 목소리로 질문을 던지듯이 얘기를 계속했다.

"그래. 그때 그 경찰을 앞에 두고 내가 무엇을 했는지 알아? 그랬다. 난 말이야, 그 경찰을 발로 차버렸어. 고무처럼 탄력 있고 딱딱한 허벅지의 감촉이 지금도 내 오른다리에 되살아나는 것 같아…… 왜 그런 짓을 했는지 모르겠어. 여전히 모르겠어. 나를 그 자리에 데려간 내 사상과 그 행동이 어디서 어떻게 연결됐는지 모르겠어. 나는 그걸 모른다는 사실이 부끄러워서 남몰래 은밀히 알아내려고 노력했지. 그렇지만 그게 알려고 한다고 알 수 있는 일이냐. 그건 그 이상으로는 설명하지 못해. 그 이상 설명하려고 하면 거짓말이 돼버리는 거야, 그런 체험은."

소네는 얼굴을 번쩍 들고 말을 이어갔다.

"사노도 마찬가지야. 사노가 도망친 것과 사노의 사상이 어떻게 연관되어 있는가는 명확하게 설명할 수 있는 성질의 것이 아니야. 사상이란 그렇게 간단한 게 아니지. 그런데 사노는 자신의 의식 내부에서 저 혼자 명확히 해놓고 그 속에서 고민했어. 잘난 척하느라고, 어리광 부리느라고…… 이렇게 말하면 불쌍할지도 모르지만, 그래, 불쌍하다는 말밖에는 난 아무런 할말이 없어."

소네는 겨울 밤길임에도 역까지 바래다주었다. 그 길에서 그가 불쑥 말했다.

"나 야마기시하고 약혼했다."

그리고 내 얼굴을 보지 않고, 자조하는 투로 덧붙였다.

"별난 조화지? 감성이란 무서운 거더라…… 그런데 내가 그녀를 좋아하게 된 것도 하나의 현실이야. 그리고 현실이란 것은 받아들일 수밖에 없는 거니까."

나는 감성이라는 말에 노리코의 밝고 아름다운 표정을 떠올렸다.

눈이 내린 뒤, 곧바로 따뜻한 날들이 돌아왔지만 그것도 길게 이어지진 않았다. 스산하고 거친 날을 몇 번 반복하면서 계절은 차츰 본격적인 겨울로 바뀌었다. 하숙집 주변 논밭의 흙이 바람에 날려와, 책상 위가 까슬까슬해지는 날이 계속되었다. 그것을 닦느라 걸레를 빨던 수돗물은 하루하루 손을 베듯이 차가워져갔다.

나와 세쓰코의 생활은 별다른 일 없이 흘러갔다. 세쓰코는 조금 피곤한 기색이긴 했지만, 쉬지 않고 계속 출근했다. 나는 석사 논문 제출 기한이 다가와서 화요일마다 세쓰코네 집에 찾아가는 일에도 소홀해졌다.

사노의 편지가 내 마음에 아무런 흔적도 없이 스쳐지나갔을 리는 없다. 나는 H전집을 산 날 밤의 일을 기억하고 있다. 금방이라도 무너질 것 같은 헌책방 책꽂이에서 H전집이 내 마음 한구석에 감춰졌던 공허함에 호소한 것 같은 그 기묘한 체험. 그것은 죽은 이가 마음으로 한 호소였던가, 싶기도 했다. 그러나 나는 이내 그걸 지워버렸다. 우리에게는 모두 각자 자신에게 어울리는 삶과 죽음이 있다. 사노의 삶과 죽음은 어차피 그의 삶과 죽음이었다. 혁명가이고 싶었지만 혁명가가 되지 못한 사노. 그런 그가 왜 내게 호소했을까. 나는 머잖아 어학 강사가 되어 강사로 살고, 두세 권의 역서라도 내서 잠깐 행복해지다. 끝내는 어학 강사로 늙어가려고 마음먹었고 또 실제로 그렇게 되어가는 인간이다.

어느 흐린 토요일, 세쓰코가 내 하숙집에서 저녁 준비를 하다 불쑥 말했다.

"나 이렇게 평생 당신 밥을 차려줄 수 있을까 몰라."

나는 움찔했다. 그 말에는 어딘가 절망적인 느낌이 있었다.

세쓰코는 전에도 비슷한 말을 한 적이 있다. 그때도 피곤해하는 모습이었다. 그러나 지금 세쓰코의 말 속에는 단순한 피로가 아니라 살아가는 일에 지친 듯한 느낌이 있었다. 그런 지친 삶에 대해 우리 인간은 무엇을 할 수 있을까. 나는 세쓰코의 손을 잡고 가만히 쓰다듬으면서 변명하듯이 말했다.

"만들어주면 좋겠어."

그러나 그 말은 공허한 울림이 되어 유리창 너머 하염없이 펼쳐진 납빛 공간으로 사라져갔다.

세쓰코는 마음을 가다듬은 듯이 미소 지으며 말했다.

"그렇지만 무리일 거야. 어차피 아기가 태어나고, 학교에 가고, 도시락을 싸야 하는 중학생이 되면 당신 식사는 잊어버릴걸?"

다음주 화요일, 나는 논문 때문에 세쓰코네 집에 가지 않았다. 그리고 세쓰코가 내 하숙집을 찾아오는 토요일이 왔다.

그날 세쓰코는 오지 않았다. 나는 책을 읽으면서 세쓰코를 기다렸지만, 평소 오는 시간에서 한 시간이 지나고 두 시간이 지나도 세쓰코는 나타나지 않았고 전화도 없었다. 그것은 세쓰코가 매주 토요일마다 내 하숙집을 찾아오기 시작한 이후 처음 있는 일이었다.

우리는 약혼한 사이다. 그러나 연인 사이는 아니라고 해야 할까. 스무 살도 되지 않았을 때, 여학생을 십 분 기다리고, 또 이십 분 기다리게 하며 서로 애태우던 그 갈증과도 비슷한 감정 교환이 우리 사이에 일어날 리 없다. 그런데 아무리 시간이 지나도 오지 않는 세쓰코를 기다리다보니 뜻밖에 무거운 실망감이 내 마음속에 가라앉고 있음을 깨달았다.

이윽고 토요일이 지나고 일요일, 그리고 월요일이 지났다. 그러나 세쓰코에게서는 아무 연락도 없었다. 나는 책상 앞에 앉아 온종일을 보내면서 계속 불안해했다. 하지만 그런 불안과 실망감의 무게가 나로 하여금 세쓰코에게 전화를 걸게 하지는 않았다. 나는 세쓰코의 무소식 속에서 내 불안의 무게를 재고 싶었던 걸까.

그리고 화요일이 왔다. 화요일은 오후부터 아르바이트를 갔다가 그길로 세쓰코네 집에 가는 걸로 되어 있다. 내가 슬슬 아르바이트를 가려고 책상 정리를 하고 있을 때, 세쓰코에게서 전화가 왔다.

회사 근처의 공중전화인 듯 전철과 자동차 오가는 소리에 섞여 조금 헐떡거리는 세쓰코의 목소리가 들렸다.

"여보세요, 후미오 씨? 토요일 일은 미안해. 저기…… 몸이 안 좋아서."

그렇다면 왜 전화를 하지 않았느냐고 나는 물어야 했다. 그러나 그 목소리에는 어딘가 몹시 간절한 데가 있어서 만약 그런 질문을 하면 뭔가가 무너져 그 뒤에 숨어 있는 미지의 것이 드러나버릴 것 같은 두려움이 들었다.

"그랬구나."

나는 그저 그렇게만 대답했다.

그다음 잠시 침묵이 있고 그 침묵 사이로 우웅 하고 전철 소리가 가로질러 갔다. 세쓰코는 말하기 곤란한 듯이 우물거렸다.

"저기, 오늘 말이야, 당신, 오잖아. 아니, 당신 오는 날이잖아…… 그런데 말이야…… 오늘 있지…… 머리가 좀 아파."

"어디 안 좋은 거야?"

"아니, 그런 건 아니지만…… 저기, 토요일에 갈 테니까 오늘은…… 힘들어, 얘기하는 게."

"왜 그래? 무슨 일 있었어?"

"그런 게 아니야. 그렇지만 부탁이니 오늘은 오지 말아줘."

세쓰코는 이 마지막 말을 금방이라도 울 것처럼 애원하듯 말했다.

또 사흘이 지나고 나흘째인 토요일, 세쓰코는 조금 늦게 내 하숙집에 왔다.

우리는 세쓰코가 사온 과자가 담긴 접시를 사이에 두고 묵묵히 마주앉았다.

"요전에는 미안했어."

세쓰코는 자기 손가락 끝을 보며 말했다.

"있잖아, 오늘은 할 얘기가 있어. 좀 진지한 얘기."

나는 고개를 들어 세쓰코의 얼굴을 보았다. 세쓰코는 어깨가 들썩일 정도로 크게 숨을 쉬면서 내 얼굴을 보았다. 그러나 이내 그 시선을 아래로 돌리더니 앞에 한 말과는 무관한 듯 낮은 목소리로 말했다.

"저기, 사노 씨 편지 읽어봤지? 우리…… 우리는 죽음이 눈앞에 다가왔을 때 무엇을 떠올릴까?"

내 마음속에 어느 여름의 하얀 해안 풍경이 지나갔다. 하지만 그것은 세쓰코와는 관계없는 풍경이었다. 그리고 머잖아 잊힐 풍경이다. 나는 대답했다.

"우리가 늙었다는 것."

"우리가 늙었다는 것…… 그때는 당신이 옛날에 소년이었다는 사실을 떠올릴 수 있는 사람은 나 한 사람뿐이겠지."

세쓰코는 생각에 잠긴 듯이 입을 다물었다. 그러나 갑자기 불안스럽게 말했다.

"그렇지만 나, 그때 떠올릴 수 있을까? 그 첫날밤 당신의 얼굴과 몸을?"

"나이를 먹은 뒤에 젊은 날을 기억한다고 행복해지는 건 아닐 거라고 생각해. 기억하지 않는 편이 행복한 젊은 시절도 있잖아. 그것에서 기껏 도망쳐서 나이들었는데."

"난 지금도 잘 생각나지 않아, 이제 기억하지 못할 것 같아, 그때의 당신…… 아아, 떠올리려고 하면 이내 부예져버려. 당신이 떠올려봐, 그때의 나."

어둠 속 희부연 세쓰코의 몸. 하지만 뇌리에 떠오른 것이 정말 세쓰코의 몸일까.

"글쎄. 기억하고는 있지만 떠올려보라니, 왜? 내 눈에 보이는 너는 언제나 그때의 너야."

"그러게. 당신 말이 맞아. 나도 지금의 당신밖에 보이지 않아."

세쓰코는 불안에 쫓기듯이 말하더니, 몸을 조금 떼고 먼산을 보는 불확실한 시선으로 나를 보았다. 나는 시선을 피해 아래를 보았다.

"그래서 나쁘다는 거야?"

세쓰코는 대답하지 않았다. 세쓰코는 자세를 고쳐 앉더니 어색하게 손을 내밀어 식탁 위에서 내 손을 잡았다. 세쓰코의 입김은 거칠었고, 그 손에는 힘이 들어가 떨리고 있었다. 세쓰코는 숨을 가다듬듯 몇 번이나 크게 호흡을 하고는 나를 바라보면서 말했다.

"있지, 우린 잘못된 게 아닐까? 처음부터."

드디어 말해버렸다…… 그런 생각이 세쓰코의 눈에 퍼졌다. 무거운 침묵이 점차 우리 사이에 가라앉았다. 우리 사이에서는 지금껏 몰랐던 침묵이었다. 아니, 그런 침묵을 피하려고 세쓰코와 약혼을 한 게 아니었을까. 나는 말했다.

"우리가 이렇게 된 것은 이렇게 될 걸 알면서도 바랐기 때문이 아닐까?"

"우리가 둘이서 같이 가진 것 중에 이것이 우리 두 사람의 것입니다, 하고 말할 수 있는 게 뭐가 있을까?"

"우리가 함께 있다는 것 말고 그런 게 꼭 있어야 해?"

"있었으면 좋겠어."

"우리가 약혼하기 전에 따로 지내온 몇 년의 생활, 굳이 이름 붙이자면 우리의 청춘. 그때 우린 우리가 원하는 것을 언제든지 손에 넣을 수 있을 만큼 여유로웠을까? 그렇다고 그 시절에 외부로부터 거부당했다는 의미는 아니야. 이건 필요하다, 있으면 좋겠다, 있어야만 해, 그렇게 생각한 것이 내 마음속을 스르륵 빠져나가버릴 때가 있잖아. 내 마음이 그걸 가지려고 하지 않는 거지. 그게 바로 우리의 청춘이지 않았을까? 그리고 우리가 지금 함께 있는 건 그런 현실 속에서 우리의 삶을 어쨌든 끝까지 같이하기로 마음먹었기 때문이 아닐까?"

"그건 그랬을지도 몰라. 그런데 내가 말하고 싶은 건 그런 게 아니야. 저기, 이해되지 않아? 나 불안해. 우리 이제 곧 결혼할 거야. 지금도 거의 결혼한 거나 다름없지만. 그런데 부부란 이런 걸까? 이래도 되는 걸까? 우린 뭐랄까, 너무 가난해서 이대로라면 이내 지쳐버릴 거야. 언젠가 미치도록 지칠 것 같은 기분이 들어."

나는 눈을 들어 세쓰코를 보았다. 세쓰코는 시선을 피하며 망설이듯이 덧붙였다.

"사노 씨처럼."

"사노란 사람에게는 그런 삶의 방식이 있었지. 그렇지만,"

나는 세쓰코의 말을 되받아치듯이 말했다.

"그는 너무 기대를 많이 했어. 기대하는 건 좋아. 자살하는 것도 좋아. 하지만 자기 현실이랄까, 아, 나는 이렇구나 하는 걸 알고만 있으면 산다는 것이 그렇게 힘들지 않았을 텐데."

"자신을 그렇게 잘 안다고 생각하는 것은 아니, 한 번쯤은 잘 안다 생각해도 계속 그렇게 생각하는 것은 역시 어려운 일이야……게다가 좀……"

"좀……?"

"좀 오만한 것 아닐까."

세쓰코는 낮은 목소리로 빠르게 말하더니 내 대답을 기다리지 않고 말을 이었다.

"나도 사노 씨가 잘못했다고 생각해. 그 사람도 어딘가 외곬인 데가 있었어. 그래도 말이야, 내게 죽음이 찾아왔을 때 무엇을 떠올리게 될까 하는 부분을 읽으니 뜨끔하더라고. 마치 나한테 하는 말 같아서. 예전부터 느끼고는 있었지만 나 자신에게 감추고 있던 말을 들은 것 같은 기분이 드는 거야. 그리고 그 부분에 대한 대답은 바로 떠올랐어. 아무것도 없다고. 정말 아무것도 없는 것이 아니라, 아무것도 없는 것처럼 능청 떨 것 같다고. 그래, 내가 나쁜 건 알아. 우리가 약혼했을 때, 말은 하지 않았지만 서로 몸을 섞어서…… 미안해, 이런 말 해서. 그렇지만 역시 그랬다고 생각해. 우리는 몸을 섞는 바람에 서로 인정한 면이 있었잖아. 뭐랄까, 우리는 둘 다 이미 체념했었다고 할까. 그래, 당신이 무슨 말을 하고 싶은지 잘 알아. 이제 와서 이런 말을 하는 내가 나빠.

106

야?"

"우리가 체념해서 그렇게 된 걸까? 우리는 원래 그러기로 되어 있었던 거야, 처음부터. 되고 안 되고는 문제가 아니야. 적어도 우리한테는."

"나 역시 되고 안 되고를 따지자는 얘긴 아니야. 이해 안 돼? 당신은 불안하지 않아? 죽을 때 아무것도 떠올릴 것이 없다고 생각하면. 사노 씨가 잘못한 거야. 그 부사장이란 사람이 자기 죽음을 떠올리며 어두운 표정을 지었다고 해서 사람이 살아가는 일에 의미가 없다고 생각하는 것은 이상해. 그건 사노 씨 스스로는 깨닫지 못했지만, 지금 하는 일에 의미가 없다고 느껴서였을 거야. 죽는다는 건 외로운 일이야. 그건 알아. 너무 잘 알아. 나도 그런 여자였으니까. 하지만 외롭다는 것과 죽음을 눈앞에 두고 자기 일이 무無가 되어버리는 것은 전혀 별개 문제야. 그런 걸로 무가 되어버린다는 건, 처음부터 아무것도 없었기 때문이지. 그런 문제로 무가 되지 않는 일이 뭔가 있을 거야."

"있을까?"

"없다고 단정짓는 건 교만이 아닐까?"

"그렇지 않아. 있을지도 모르지, 이 세상 어딘가에. 아니, 분명히 있을 거야. 그런 건 옛날부터 있었을 테고, 앞으로도 계속 있을 거야. 그러나 나한테는 없어."

"왜?"

"난 그런 사람이니까."

"그렇다고 믿어서 그런 게 아닐까?"

그렇지 않다……라고 내 마음속에서 누가 외친다. 믿어버린 것이라면, 왜 내가 거꾸로 그럴 수 있다고 믿고 싶어하지 않는 걸까. 그러나 어느 해, 파랗게 펼쳐진 한여름의 빛나는 바다를 앞에 두고, 나는 나 자신을 발견했다. 나는 그날 밤, 세쓰코에게 그 한여름 바다에서의 기억을 이야기했다.

제4장

하얀 바다의 기억

그것은 내가 대학에 들어가 두번째 맞는 초여름의 일이었다. 강
의도 대부분 종강하고, 사실상 여름방학에 들어간 며칠 뒤의 아
침, 아직 여섯시도 안 됐는데 친구에게서 온 전화로 잠에서 깼다.

"오하시?"

그렇게 말하는 친구의 목소리에는 뭔가 숨을 삼키게 하는 것이
있었다.

"가지이가 자살했어, 어젯밤에."

가지이 유코가 전날 밤늦게 도쿄 대학교 고마바 캠퍼스 교양학
부 본관 2층 교실에서 약을 먹었다는 것이다. 새벽 무렵 수위가
발견했을 때는 이미 손을 쓸 수 없는 상태였다. 유코의 기숙사 룸

메이트에게 연락을 받은 그 친구가 바로 병원으로 달려갔을 때는 이미 숨이 끊어진 뒤였다고 한다. 전화를 끊고, 나는 바로 병원으로 가기로 했다.

하숙집 현관을 나설 때, 아침 준비를 하던 하숙집 아주머니가 나를 불러 세우더니 속달로 온 편지 한 통을 내밀었다. 유코에게서 온 편지였다.

"어젯밤에 왔는데 학생이 늦게 돌아와서 말이야."

그랬다. 전날 밤, 내가 돌아온 것은 새벽 한시가 지나서였다. 사귀던 여자친구를 만났었다. 나는 그 편지를 주머니에 찔러넣고 서둘러 역으로 향했다. 상쾌하게 갠 초여름 아침이었다. 오늘 하루 생명력 넘치는 더위를 약속하듯이 뜨거운 아침햇살에 이슬에 젖은 지붕이 반짝거렸다.

가지이 유코는 내 동기의 친구였다. 전년도 가을의 학교축제 때 과 연극을 도와주러 온 다른 학교 여학생 등을 포함해서 열 명 남짓한 그룹이 생겼는데, 유코도 나도, 그리고 유코의 죽음을 알려준 다고라는 친구도 모두 그 멤버였다.

나는 왜 뜬금없이 연극을 했을까. 연극청년도, 문학청년도, 보헤미안풍 치장도, 데카당스인 척하며 밤의 유흥가를 방황하는 것도 모두 싫어했던 내가 왜 연극을 하고 그들과 한 무리가 되었을까. 그것은 지루했기 때문이다.

오당육락, 즉 다섯 시간 자면 붙고 여섯 시간 자면 떨어진다는 어이없는 소리를 진실인 양 떠들어대고, 해마다 몇 명의 자살자가 나오는 입시 공부를 나는 즐겼다고 하면 재수없게 들리려나. 그렇지만 그건 사실이었다. 눈앞에 목표가 있고 그 요구에 맞춰 두뇌를 훈련하는 것, 그것은 체조선수나 경험할 것 같은 상쾌함을 맛보게 했다. 내용이 무엇이건 나는 내 젊은 두뇌가 기계처럼 정확하게 움직이는 그 자체를 즐겼다. 그리고 무엇보다 나를 만족스럽게 한 것은 모든 것이 결정 가능하다는 것이었다. 모든 관계를 내게 맞춘 채 결정할 수 있는 목표가 눈앞에 있었다. 모든 사물의 의미, 비중, 좌표는 그 목표를 원점으로 삼음으로써 결정할 수 있었다. 그것은 확실한 세계였다.

합격은 축복이었을까. 새빨간 철쭉꽃으로 눈이 시린 봄의 캠퍼스에서 나는 평범한 기쁨과 함께 공허한 현기증을 느꼈다. 그 확실한 세계가 끝나고 그곳에는 불확실하고 아득한 세계가 펼쳐져 있었다.

유코와의 일도 그 공허감 때문이었다, 라고 내가 말한다 해도 자기변호를 위한 것이 아니다. 좋다, 나쁘다 하는 것에는 애초에 흥미가 없다.

하지만 공허감 때문이라는 표현은 역시 좋게 들리지 않을 것이다. 그것은 내가 마치 뭔가를 잃고 그 구멍을 메우려 했다는 식으로 들린다. 그렇지 않다. 어떻게 설명해야 할까. 나는 아무것도

잃지 않았다. 잃을 것을 갖고 있지 않았다. 다만 내 속에 공허함
이 있어서, 아니, 내가 공허 그 자체여서, 그리고 하필 유코가 나
의 그 공허 속을 스쳐지나간 것이었다고 할까.

아니, 설명할 필요도 없을 것이다. 거기에는 사실이 있었다. 남
자와 여자가 만났을 때, 그들 사이에서 일어난 어떤 사실이 있었
다고 하면 충분할 것이다.

우리 세대가(라고, 굳이 말하고 싶다) 성의 해방을 주장했다
고 한다면, 혹은 성을 자유롭게 생각했다고 하더라도 너무 적극
적으로 들릴 것이다. 다만 우리는 자기 성적 욕망을 알고 있었고,
그것을 충족시키는 것을 별로 '악'이라고 생각하지 않았다. 딱히
'선'이라고 생각하지 않았던 것과 마찬가지로. 물론 남자와 여자
가 잔다는 것, 혹은 그것에 동반하는 인간관계를 선악, 혹은 선악
의 부재만으로 정리할 문제는 아니다. 그런데 우리는 그것으로
정리된다는 착각, 이라기보다 정리하려는 경향이 있었던 것 같
다. 서로 호감을 가졌을 때 그것이 육체의 결합으로 이행하는 것
을 방해하는 게 우리에게는 특별히 없었다. 내가 처음으로 그런
경험을 한 것은 고마바 축제 때 공연할 연극을 준비하면서였다.
그녀는 의상 파트를 도우러 온 두 살 연상의 여학생이었다. 그녀
는 이미 반년쯤 동거한 경험이 있다고 했다.

그 여학생과는 그러고 나서 두 번쯤 만났다. 그건 그것대로 큰
체험이었지만 지금 얘기하는 주제와는 별로 관계가 없다. 그후

나는 시부야에 있는 커피숍 S에 출입했다. 그곳에 같은 목적으로 출입하는 여학생이나 술집 여성과 그런 체험을 거듭하게 되었다. 하지만 날마다 새로운 상대를 찾는 일은 여러 가지 의미에서 번거로웠다. 나는 서로 속속들이 알고 있는 연극 동료들 속으로 돌아오게 되었고, 결국 그중 L대학에 다니던 사에코라는 여학생에게 정착했다.

그런 관계를 정사라고 불러야 할지 연애라고 불러야 할지 모르겠다. 그러나 그들과의 사이에, 또는 육체관계가 없었던 여자와의 사이에, 그리고 또 그런 것을 알기 이전에 사귀었던 여자와의 사이에도, 나름대로 격렬한 감정 교환이 없었던 건 아니다. 그것은 아마 연애 같은 거라고 생각한다. 아니면 연애 그 자체였을지도 모른다. 그리고 그런 격렬한 감정이 잔디가 파릇파릇한 캠퍼스를 걷는 내 공허함을 채워주고 보충해주는 것처럼 보인 적도 있다.

그러나 격렬한 감정이 공허함을 지탱해주지는 않았다. 그 격렬함은 그런 성질의 것이었다. 그것을 나는 바로 깨달았다. 달리 말하자면 나는 격렬한 감정 속에 있으면서 그것이 자신을 전적으로 채우지 않는다는 것, 그 격렬함은 영원히 이어질 공허라는 유희 속에 잠깐의 휴식, 아이들이 말하는 '타임!'에 지나지 않는다는 것을 처음부터 알고 있었다.

하지만 그것을 연애에 대한 실망으로 해석한다면 그건 오산이다. 그것은 미리 갖고 있던 연애에 대한 이미지가 현실에 의해 파괴된 걸로 들린다. 그러나 그렇지 않았다. 내게 연애에 대한 이미지는 애초부터 없었다.

애초부터 없었다…… 사실이다. 약간의 선망은 있었겠지만, 실망은 없었다. 우리 세대는 기대와는 무관하다. 아니, 나는, 이라고 해야 할까. 나는 내일 일어날 것을 미리 가르쳐주는 세계에서 자라지 않았다. 내 앞에 있는 것은 계속해서 일어나는 사실뿐이었다. 나는 사실로부터 세계란 무엇인가를 배웠다. 나하고 실망이란 것은 무관했다.

2학년이었던 해의 5월 말, 그러니까 유코가 자살한 해의 5월 말, 우리는 5월 축제 연휴를 이용하여 노지리 호반에 있는 도쿄대 별장으로 놀러갔다. 유코도 사에코도, 그리고 다고도 함께였다. 유코가 고마바 축제 이후 가장 친하게 지내는 사람은 다고였지만, 정작 다고는 고등학교 후배이자 그해 우리 학교에 들어와 아직 어린 티가 나는 가와무라 다마코에게 관심이 있었다. 다고는 우리 그룹에 다마코를 끼워주고 그 여행에도 데려가서 줄기차게 붙어다녔다. 하지만 유코는 별로 신경쓰는 기색 없이, 자기도 1학년인 구니에다라는 어린아이 같은 남학생을 상대로 눈에 띌 정도로 즐거워했다. 이따금 큰 소리로 웃을 때면 유코의 들쥐 같은 작은 눈이 반짝반짝 빛났다.

관광철이 아니라 별장은 비어 있었다. 숙박하는 사람은 우리뿐

114

이었다. 도착한 날은 보트를 타고 호수로 나갔지만, 고원의 물 위를 지나는 바람은 아직 뺨이 에일 듯이 차가웠다. 다고는 다마코의 손을 잡듯이 하며 노 젓는 법을 가르치고, 유코는 그걸 곁눈으로 보면서 구니에다에게 노를 젓게 해서 바다 쪽으로 나갔다. 이윽고 산골짜기의 해는 일찍 저물어서 저녁 시간이 되었는데, 유코와 구니에다는 좀처럼 돌아오지 않았다. 다고는 저녁도 먹지 않고 다마코를 데리고 선착장으로 나가서 어두컴컴한 수면을 향해 손전등을 비추며 두 사람을 기다렸다. 저녁을 다 먹은 우리가 불이 켜진 별장 현관에서 어두운 선착장에 선 다고와 다마코의 뒷모습을 지켜보고 있을 때, 잠시 물을 가르는 소리가 들리더니 두 사람이 돌아왔다.

"대체 어떻게 된 거야?"

진지한 표정의 다고에게 유코는 "별일 아니야. 놀았어. 저녁은 먼저 먹었지?" 하고 대답했다. 그리고 선착장 쪽으로 다가간 우리한테는 작은 목소리로 "걱정 끼쳐서 미안해" 하더니 총총걸음으로 우리 옆을 빠져나가 별장 안으로 들어갔다. 보트 뒷정리를 마친 구니에다는 "아, 피곤해. 조금만 더, 더, 하고 좀체 돌아가잔 말을 안 하더라니까요"라며 불평스럽게 투덜거리면서 노를 메고 "아, 추워" 하고, 유코 뒤를 쫓듯이 별장 안으로 뛰어들어갔다.

점퍼스커트 차림의 다마코는 다고와 나란히 눈을 동그랗게 뜨고 그 두 사람의 뒷모습을 지켜보았다.

그날 밤, 나는 사에코와 미리 약속한 대로, 12시가 지나 다들 잠이 든 뒤 방을 빠져나와 사용하지 않는 빈방에서 만났다. 훈기가 없는 방은 너무 추워서 벽장에서 꺼낸 이불에 들어가도 처음 한동안은 몸을 움직일 때마다 알몸의 어깨가 시려 이가 덜덜 떨렸다.

한 시간 남짓 지나 우리는 그 방을 나왔다. 떨고 있는 사에코의 어깨를 안아주면서 남자들 방 앞에 와서 헤어지려고 하는데, 호수 쪽으로 난 복도 창 옆에서 유코가 이쪽을 보고 서 있었다. 유코는 우리를 발견하자, 고개를 숙여 시선을 피하더니 여자들 방 쪽으로 맥없이 돌아갔다.

다음날은 묘코산 등산이 있었다. 아홉시쯤 모두 시끌벅적하게 이케노히라로 가는 버스에 올랐다. 그러나 나는 어제 보트를 탄 탓인지 아니면 간밤의 일 탓인지, 몸살 기운이 있어서 혼자 남았다.

나는 방에 틀어박혀 창문에 낙서나 하면서 오전을 보냈다. 그리고 점심을 먹고 또 조금 열이 나기 시작해서 이불을 깔고 누워 있는데, 방문이 열리고 유코가 들어왔다.

유코가 혼자 돌아오기 전에 버스에서 무슨 일이 있었는지는 유코가 죽은 뒤에 들었다. 처음에 자리가 한 개 비어서 거기에 가와무라 다마코가 앉았다. 다음에 그 뒷자리가 두 개 비어서 거기에 유코가 다고와 나란히 앉으려고 할 때, 다고가 유코에게 다마코와 자리를 바꿔달라고 했다. 그때는 별로 싫은 내색 없이 바꿔주었다고 한다. 그러나 잠시 후 유코는 속이 안 좋아서 돌아가겠다고 하며, 같이 돌아가자고 하는 구니에다의 제안도 뿌리치고 혼자 버스에서 내려버렸다.

나는 그때 그 사정을 몰랐다. 내가 어쩐 일이냐고 묻자, 유코는 그저 감기 기운도 있고 기분도 울적해서 돌아왔다고 했다.

"난 한번 싫다고 생각하면 그걸로 끝이야."

유코는 과시하듯이 말했다.

유코는 아래층에서 따뜻한 물을 가져와 홍차를 타주었다. 나는 그걸 마시면서 멍하니 앉아 있었다. 유코는 부산스럽게 서성대며 창밖의 산을 보는가 싶더니 이내 앉아서 낙서를 하고 있었다. 유코는 초조한 모습이었다.

"오하시는 감기 걸려도 싸지."

옆에 앉은 유코가 불쑥 그렇게 말했다.

"어젯밤 일 때문에?"

"아니. 오하시는 야비하니까."

유코는 시비를 걸듯이 말했다.

"야비해?"

"그래. 오하시의 상대는 좀 맹한 사람들뿐이지. 그 사람들을 정말 좋아했어?"

"글쎄, 어땠을까."

나는 손에 든 찻잔을 천천히 돌렸다. 홍차는 소용돌이가 되어 돌기 시작했다.

"일부러 맹한 사람을 고른 건 아닌데."

"그럴까? 오하시가 그런 사람을 좋아하기 때문이라면 좋아. 그러나 오하시는 자기를 잘 아는 상대는 두려워서 피하는 경향이 있어. 오하시의 쎅스나 놀이 상대는 단지 그것만 할 뿐인 상대야. 대학 친구, 그러니까 쎅스나 유희의 현장이 아닌 곳에서의 자신을 아는 친구들은 무서워서 쎅스 상대로 만들지 못하지. 쎅스에 대한 모독이야."

유코는 언제나 섹스가 아니라 쎅스라고 발음했다. 그 딱딱한 울림은 소녀가 이로 물어뜯은 새파란 풀잎에서 나는 향처럼 날카로웠다.

나는 찻잔을 계속 천천히 돌리려고 했다. 하지만 열이 나는 내 팔은 어색하게 떨리고, 홍차는 불규칙하게 일렁거렸다. 나는 그걸 애써 억누르며 말했다.

"모독이라니. 좋아하지 않으면 안 되는 건가?"

"그렇게 말하지 않았어."

유코는 되받아치듯이 대답했다.

"좋아하고 싫어하고, 그런 불안정한 것을 문제삼는 게 아니야. 쎅스에 대해, 자기 욕망에 대해 순수한가 어떤가를 말하는 거지. 두려워하고 잔머리 굴리는 건 비겁해. 쎅스의 욕망을 채울 때는 그 욕망에 순수해야지. 하고 싶다는 생각은 하면서 순수해지지 못하면 우린 삭막해지는 거야. 그런데도 스스로를 들키지 않겠다고 생각하는 건 추잡해. 늙은이 같아."

나는 찻잔을 책상에 내려놓았다. 탁, 하고 생각지 못한 소리가 났고, 그 바람에 흘러넘친 홍차가 손을 적셨다. 나는 당황해서 얼버무리듯이 말했다.

"의도 따위 있을 리 있나. 두렵다니. 상대만 그럴 마음이 있다면 난 누구하고라도 자. 설령 너하고라도."

유코가 움찔하는 것 같았다. 옆에 앉아 있는 유코의 플레어스커트가 두 허벅지 사이로 완만한 골을 만들어, 그 아래 숨은 둔덕의 희미한 곡선을 그렸다. 갑자기 다른 감정이 엄습했다. 나는 흥분할 것 같은 목소리를 애써 낮게 누르고 말했다.

"만약 내가 너한테 욕망을 품는다면……"

"그래!"

유코는 의기양양하게 외쳤다.

"나도 여자야. 네 욕망이 순수하다면 좋아."

그러나 그렇게 소리치면서 유코는 견딜 수 없다는 듯이 약간 몸을 일으켜 창가로 뒷걸음쳤다. 눈에는 거의 공포에 가까운 긴장의 빛이 서렸다. 내가 그 어깨에 손을 뻗치자, 조그맣게 앗, 하고 소리를 냈다.

그 소리에 정신이 났다. 나는 옆의 창틀을 꽉 잡고, 유코의 몸을 만지고 싶은 충동을 간신히 참았다. 그 창 너머에는 눈이 드문

드문 남아 있는 다갈색의 묘코산이 우뚝 솟아 있었다.

이윽고 뻔뻔함이 나를 지배했다.

"내가 순수하든 말든 그게 너하고 무슨 상관이야?"

나는 토해내듯이 말했다. 유코는 내 시선을 피해 고개를 숙였다.

"그러게."

유코는 스스로에게 말하듯이 중얼거렸다.

"추한 건 나야. 늙은이 같은 건 나야. 나는 곧 스물한 살이 돼. 대학에 들어온 지 1년. 아무것도 한 게 없어. 그리고 얌전한 스물한 살. 모범적인 스물한 살. 선량하고 행실이 바른 스물한 살. 늙은 스물한 살."

자신을 책망하는 듯 유코의 표현이 점점 격해졌다. 유코는 이쪽을 돌아보더니 따지듯 말했다.

"네가 알지 모르겠네. 여자아이가 고등학교에 들어갈 때부터 무엇을 생각하고, 무엇을 기다리는지. 아니, 더 전부터, 훨씬 더 전부터, 더더더더 어릴 때부터 거울 앞에서 자신이 여자란 걸 처음으로 알았을 때부터, 무슨 생각을 하고 무엇을 기다리는지…… 그러면서 두려워하다니."

유코는 나를 바라보며 내뱉듯이 말했다.

"남자한테 안긴 적도 없고 키스 받은 적도 없는 스물한 살! 얼마나 추하냐고!"

한번 사라졌던 충동이 거칠게 되살아났다. 나는 유코의 어깨를 잡았다. 유코는 입술을 깨물고 빳빳하게 굳은 채 움직이지 않았다. 힘을 주어 당기려고 한 내 무릎 아래로 찻잔이 떨어져, 홍차가 다다미를 적시며 번져갔다. 나는 그 다다미 위에 억지로 유코를 쓰러뜨렸다. 천장을 향한 채 굳은 몸으로 누운 유코는 밑에서 내 얼굴을 노려보듯 빤히 쳐다보았다. 나는 그 반짝반짝 빛나는 눈을 들여다보았다.

"괜찮아?"

"괜찮아."

나는 유코의 겉옷을 벗기고 그 아래로 손을 넣어 몸을 당겼다. 유코는 경직된 몸을 떨고 있었다. 나는 잠시 망설였다.

"왜 그래?"

"아무것도 아니야. 추워서 그래."

유코는 단호하게 말했다. 유코는 조금 매섭게 눈을 부릅뜨고 아래에서 나를 노려보며 울먹이듯이 소리쳤다.

"안 돼! 무서워하면 안 돼! 하기로 마음먹은 건 해! 도망치면 안 돼!"

그날 밤, 나와 유코는 일행과 헤어져 예정보다 하루 먼저 노지리 호반을 떠났다. 현관에서 일행과 헤어질 때, 사에코가 심기 불편한 시선을 보냈지만, 그 오른팔은 어린 구니에다의 팔짱을 끼고 있었다.

우리가 고모로시 교외에 있는 나카다나 온천에 도착했을 때는 이미 열두시에 가까웠다. 살풍경한 온천 여관의 창으로 바깥을 내다보니, 검디검게 펼쳐진 벌판 너머로 지쿠마강이 흐르고, 그것이 달빛을 받아 뱀의 배처럼 하얗게 빛났다. 그때, 유코는 눈물이 글썽거리는 눈으로 그 풍경에서 시선을 돌렸다.

그때, 유코는 눈물이 글썽거리는 눈으로 그 풍경에서 시선을 돌렸다…… 일찌감치도 뜨겁게 내리쬐는 여름 아침의 햇살 아래 땀을 흘리면서 역으로 서두르는 내 마음에, 문득 가슴을 찌르듯이 그 모습이 되살아났다.

나는 왜 그 모습을 잊고 있었을까. 하지만 유코는 그다음 바로 재촉하듯 나를 유혹했다. 그리고 그런 나와의 사랑의 정경 속에서 유코는 언제나 생경해 보일 정도로 대담했다. 그렇다 해도 그 대담함 속에 눈물 글썽거리던 유코를 잊어버린 것은 내가 너무 어린 탓이었을까.

도쿄에 돌아온 뒤 유코를 만나는 걸 점점 피하게 된 것도 유코의 그런 생경한 대담함 때문이었다. 유코는 육감肉感의 기쁨이 감각의 흐름을 타고 자연스럽게 자기 안에 흘러넘치기 전에 그 걸 억지로 선취하려는 것 같았다. 유코는 자기 몸이 남자의 눈길, 손, 몸, 남자와 자신의 교류로 점점 눈을 뜨고, 어떨 때는 자기 의지에 거역하면서도 스스로 열리기를 기다리지 않고, 자기 의지로 자신에게 강요하며 내 앞에서 몸을 열었다. 그것은 긍지와 굴욕과 쾌락과 금욕이 뒤섞인 기괴한 정경이었다.

그것은 기괴하긴 했지만 동시에 가장 풍성한 혼돈을 내재한 정경이었다고, 이제 와서야—이 수기를 쓰면서—생각한다. 그리고 나야말로 그 가능성으로서의 풍요로움을 현실의 풍요로움으로 바꾸기 위해 유코와 싸워야 하는 위치에 있었다. 하지만 그때의 나는 물론, 유코의 자살 소식을 들었을 때의 나도, 그리고 유코와의 이야기를 약혼자 세쓰코에게 한 지금으로부터 반년 전 겨울밤의 나도, 그 사실을 이해하지 못했다. 그것을 이해하기 위해서는 몇 갠가의 생의 풍경이 내 속에 흔적을 남기고 지나가야만 했다. 사람이 무언가를 이해하는 것은 그 이해가 이미 그의 생에 아무 의미가 없어졌을 때에야 가능한 걸까.

아니, 이야기를 원점으로 돌려 유코의 자살 소식을 들었을 때의 나, 여름 아침의 태양 아래 역으로 걸음을 서두르던 나로 돌아가자. 그때의 내 가슴속에서, 기억의 바닥에서 눈물을 글썽거리는 것 같았던 유코의 모습이 되살아났다. 주머니에는 나오는 길에 받은 속달이 있었다. 그리고 그때 비로소—남들은 이해하기 어려울지도 모르겠지만—유코의 자살이 나와 관계가 있을지도 모른다는 생각이 떠올랐다. 나는 아직 붐비기 전인 이른 아침의 전철 한구석 창가에서 속달 편지를 뜯었다.

유코의 편지

이 석조 건물 안은 여름 오후에도 조금 서늘해.

어제는 온종일 이곳에 앉아 있었어. 긴 여름날 오후가 지나고
또 밤이 지나갔어. 그리고 오늘도 아무런 목적 없이 하염없이 앉
아 있어.

본관 2층 강의실에서는 정문이 잘 보여. 멍하니 보고 있는데 아
까는 너랑 닮은 사람이 지나가더라.

방학중인 캠퍼스는 참 한가롭구나. 답답할 정도네. 나는 어떤
일이든 견뎌낼 수 있다는 마음으로 있어. 그러면서 이런 한산한
곳에 앉아 있는 이유는 대체 뭘까.

지금은 마음이 조금 차분해졌어. 좀 전에 수면제의 그 친숙하
고 진한 쓴맛이 목을 지나갔어. 수면제를 조금 먹었더니 모든 게
가벼워지고 뭔가 아주 즐거운 기분이 드네. 이 강의실에서 수업
이 끝난 후 너를 만났던 기억 따위 까맣게 잊어버렸어. 하긴 내
마음속에서 이미 충분히 옛날 일이 되었지.

나는 나 스스로에게 어리광을 부리는 건지도 몰라. 그러나 오
늘 하루만 더 어리광을 부려야지. 이러고 있는 동안에도 너는 어
딘가에서 여자를 데리고 먼지 나는 거리를 쏘다니다 해가 지면
그 여자와 함께 하숙집의 삐걱거리는 계단을 올라가거나, 조금
여유가 있다면 그 '문화적인' 호텔이라도 찾을 테지(그 '문화적

인'이라는 선전 문구를 보고 피식거리긴 했지만, 생각해보면 인간의 문화란 게 그런 거겠지).

그런데 그런 건 아무래도 좋아. 지금 너의 그런 행동이 나하고 무슨 상관이 있겠니. 난 아무래도 좋아.

질투는 쓸모없는 감정이야. 나는 후회 따위 하지 않아. 나는 내가 바라는 것을 했을 뿐이야. 그것이 어떤 결과를 낳더라도 후회하지 않을 거야. 후회는 소극적인 감정이야.

그러나 만약 내가 아주 조금 후회한다 해도 설령 그런 게 만약 있다 해도, 너한테는 나를 경멸할 권리 같은 건 없어. 너는 남자니까.

너는 여자가 뭔지 아니? 아니, 절대 알지 못할 거야. 남자는 알수 없어. 아니, 알 필요도 없을 테지.

남자는 자신이 바라는 곳으로 가. 그걸로 끝이야. 그건 그것대로 좋아. 여자도 원해서 그 속으로 들어가는 거니까. 다만 그 결과는 내가 짊어져야만 해. 그것도 좋아. 그건 남자에게 통보해야할 사항이 아니야.

금욕은 언제나 비참하고 어두운데, 그리고 욕망을 공공연하게 인정하고 사는 것은 여름 바다에 빛나는 태양처럼 밝을 텐데, 그 밝음의 결말에 이런 굴욕을 당해야 하는 건 대체 어째서일까. 마지막은 언제나 여자가 처리해야만 해.

처리. 얼마나 굴욕적인 말인지. 나 자신이 처리되다니. 너는 모

르겠지. 남자는 몰라. 너 따위가 와주길 바라지 않아. 그 책임의
반을 져달라는 생각은 눈곱만치도 하지 않아. 의리로 비용의 절
반은 내겠다고 말할 것 같은 네 얼굴을 떠올리니 구역질이 나. 아
니면 여자에게는 심리적 부담이 있으니 금전적인 건 전부 내가
부담할게, 라고 말하려나?

이상한 수술대, 번쩍거리는 기구, 집중되는 조명등, 떠오르는
내 몸. 여자가 그런 것을 상상하는 것이 어떤 것인지, 몸 안쪽 구
석구석까지 굴욕으로 달아오른 수치스러운 감각이 어떤 것인지,
네게 알리고 싶어. 맛보게 하고 싶어. 여자를 끼고 어딘가의 지저
분한 침대에서 뒹굴며 기분좋은 땀을 흘리고 있을 네게 마음껏
맛보게 해주고 싶어.

그런데 너는 그런 생각을 하는 나 같은 건 조금도 생각나지 않
겠지. 그래도 좋아. 너한테 무엇을 바라겠니. 나는 그저 너를 가
엾게 생각할 뿐이야. 어떤 여자인지 자못 부드럽게 안고 있을 너
를, 기분좋아하고 있는 너를, 그리고 그 품속에서 여자가 무슨 생
각을 하는지 생각해보려고도 하지 않는 너를.

그걸 독일어로 '그녀는 좋은 희망에 차 있다'라고 해. 언젠가
너는 그렇게 말하며 아주 재미있다는 듯이 웃은 적이 있지. 임신
이란 것을 그렇게 표현해. 남녀의 행위에서 실수를 해서 불행한
결과가 생기게 된 것을 말이야. 너는 그렇게 말하고 웃었어.

나도 그때는 같이 웃었지. 너무 웃겼어. 그런데 그때 나는 이미

'좋은 희망에 차' 있었어. 너는 언제나 비참할 정도로 신중해서 '좋은 희망'이 우리 사이에 깊숙이 들어온 것은 노지리와 고모로 시에서의 그 두 번뿐이었지.

그럼에도 '좋은 희망에 차 있다'는 말은 얼마나 웃기고, 한편으로는 또 얼마나 사람 마음을 달뜨게 하는 표현인지. 지금 내 상태와 이 말을 생각하니 너무나 우스운 대비에 나도 모르게 자조하게 되는군. 그렇지만 이 말, 뭔가 묘하게 착착 감기네. 영어 가정법 식으로 말하자면 내가 그 표현에 얼마만큼이나 동경과 향수를 느끼는가와 같은 것이겠지.

너는 웃겠지. 그런데 너한테는 웃을 권리 같은 것도 없어. 남자에게 그런 권리 따위는 없단 말이야. 그리고 내가 이러는 건 그저 수면제의 약기운이 조금 돌기 시작했기 때문이야. 수면제를 먹었을 때만큼은 꿈을 꾸는 것도 허락되겠지. 이러고 있으니 내 몸이 점점 가벼워져서 낯선 세계로 옮겨지는 것 같아. 봐, 〈결혼행진곡〉이 들려.

잘 봐. 모두가 축복하고 있어. 나는 하얀 웨딩드레스를 입고 다정한 사람의 손을 잡고 앞으로 걸어가네. 모두의 축복 속에서 내 속에 새로운 생명이 자라고 있어. 그 생명은 내 속에서 점점 자라 어엿한 아기가 되어 배를 차며 내게 자신의 존재를 알려주네. 내가 혼자가 아니라는 것을 힘껏 알려주고 있어. 엄마랑 아빠가 미소 지으면서 나를 지켜보고 있어.

아, 가엾은 엄마. 당신 딸의 결혼식을 보지 못하다니. 딸의 결혼식 대신 장례식을 봐야 하다니. 엄마, 당신은 울고 있겠죠. 또 언제나처럼 투덜거리며 하소연하겠죠. 유코, 빨리 돌아와. 유코, 여자가 날이 어두워졌는데 돌아오지 않다니. 유코, 세상은 무서워. 유코, 남자하고 편지를 주고받다니. 유코, 너는 결혼도 안 한 몸이야. 유코, 혹시 무슨 일이 있으면 어떻게 하지. 유코, 남자란 건 말이야…… 유코, 만약 네 몸에 무슨 일이 생기면 엄마는 더는 살아갈 수가…… 유코, 혹시 네가…… 유코, 혹시 너는…… 유코, 유코……

그런데 엄마. 이제 모든 걸 용서해줄게요. 나도 모두 용서해주세요. 이제 모두 잊어버려요. 너무 졸리고 몸이 나른해지네.

그치만 아직 자지 않을 거야. 지금은 수면제를 먹어서 조금 센티멘털해졌지만, 나는 내가 한 일을 조금도 후회하지 않아. 다시 태어난다 해도 한번 더 같은 일생을 살 거야.

이 편지는 속달로 보내면 오늘중에 네 손에 도착하겠지. 너는 이걸 보고 이리로 올까. 딱히 오길 바라는 건 아니야. 이렇게 교문이 보이는 창가에 있는 것도 그냥 시원하기 때문이야. 아까는 너를 닮은 사람이 지나갔지만, 그건 그냥 우연이었어.

기온이 떨어진 걸까. 조금 한기가 드네.

너한테 이걸 보내는 건 사소한 도박이야. 네가 오늘밤 이걸 보고 이리로 온다면 수면제를 먹고 잠든 나를 발견하고 놀라겠지.

너는 빈 수면제 통을 셀 거야. 그리고 당황하여 구급차를 부를 테지. 내가 위세척을 받고 일주일 동안 계속 자다가 눈을 뜨면, 침대 옆에는 뜻밖에도 눈에는 핏발이 서고 뺨은 홀쭉해진 네가 불안스럽게 앉아 있겠지. 그 잠들지 못한 일주일이 너의 죗값이야.

하지만 그런 일은 일어나지 않겠지. 너는 어느 헤픈 여자와 심야 커피숍의 지저분한 의자나 싸구려 여관의 축축한 이불 위에서 희희낙락하고 있을 게 뻔해. 그사이 네 하숙집 테이블 위에 던져진 내 편지는 낡은 다다미에서 아이들이 뛰어다녀 피어오른 먼지를 뽀얗게 뒤집어쓰고 있겠지. 참으로 구질구질한 도박이군. 그런데 그게 나한테 어울려.

하고 싶은 말은 아직 산더미 같지만, 갑자기 글을 쓰는 게 귀찮아졌어. 모든 것이 이제 끝. 수면제는 많이 씹어먹으면 과자처럼 달콤해진다던데 정말일까. 그러나 물하고 먹는 편이 좋겠지. 아니야, 물을 마시려면 대신 우유를 마셔, 하고 엄마가 늘 말했었는데.

그러나 이제 그만 안녕.

후미오에게

유코

*

    내가 병원에 도착했을 때는 벌써 친구들 네다섯 명이 모여 있었다. 흰 천을 걷자 생명을 잃은 유코의 얼굴이 창백하고 커다랗게 그 공간을 차지하고 있었다. 생명의 유동성을 잃고, 느닷없이 물체로서의 견고함, 부동성을 주장하는 것 같았다. 그것은 비인간적이고 섬뜩한 물체로 다가왔다. 울어서 눈이 퉁퉁 부은 기숙사 룸메이트는 그 분위기를 못 견디겠다는 듯이 병실 밖으로 뛰어나갔다. 이윽고 낮게 흐느끼는 소리가 문을 통해 방안으로도 전해졌다.

    우리는 푹푹 찌는 병원 뜰의 그늘에서 유코의 부모가 상경하기를 기다렸다. 다들 잘도 떠들었다. 쾌활하기까지 했다. 나는 그들을 증오했다.

    나는 그들이 유코의 죽음을 충분히 슬퍼하지 않는 것을 증오한 게 아니다. 그들은 충분히 슬퍼했다. 어쩌면 친구인 유코의 죽음을 순수하게 슬퍼하고 있기 때문에, 자신들이 지금 인생의 중대사와 관련되어 있다는 사실에 흥분하여 무의식중에 쾌활해지기까지 했을 것이다. 그러나 나는 그들의 그런 쾌활함을 증오했다.

    그 증오가 무엇을 의미하는지 그때의 나는 몰랐다. 다만 무의식중에 그들의 천진난만함과 유쾌함을 증오하여, 밝게 떠들고 있는 그들 앞에서 혼자 그 자리에 가장 잘 어울리도록 침울하게 입을 다물고, 노골적으로 어두운 표정을 짓고 있었다. 그리고 유코의 죽음이 나를 덮칠 것을 대비하고 있었다.

그렇다. 그때 나는 전력을 다해 대비했다. 나는 대학에 들어온 이후의 공허함에 대해 이야기했다. 하지만 당시 나는 그걸 공허함이라고 생각하기보다 일시적인 결핍이라고 생각하고 싶어했다. 그리고 가슴이 볼록해지기 시작한 소녀들이 언젠가 찾아올 왕자를 꿈꾸듯이, 나는 마음 어딘가에서 머잖아 되살아날 충만한 영광의 생활을 꿈꾸고 있었다. 그래서 내 온몸이 다시 열정으로 채워지기를 꿈꾸었다.

그리고 유코의 죽음을 알고 그 속달을 다 읽었을 때 내 가슴은 기대로 떨렸다. 나는 내 마음이 격렬한 회한과 자기혐오와 죄의식으로 가득차, 그것과 싸우는 일에 내 온 힘을 소모함으로써 빛나는 영광의 날들이 부활하리란 걸 예감했다. 나는 싸울 준비를 했다. 오랜만에 충실함을 느꼈다.

장례를 위한 모든 의식은 죽은 자를 위해서가 아니라 산 자를 위한 것이다. 그것이 계속되는 동안 남겨진 사람들은 죽은 자가 아직 이쪽 생의 세계와 연결되어 있다고 계속 의식할 수 있다. 죽음의 의미가 아직 현실로 다가오지 않는다.

이윽고 장례식도 모두 마치고 모인 사람들이 뿔뿔이 흩어졌을 때, 남은 사람들은 문득 깨달을 것이다. 지금까지 존재했던 것이 아무런 흔적도 없이 사라졌으며, 그리고 영원히 사라졌다는 것을. 사람들은 그 결정적인 공허함에 입을 다물고 물고기처럼 살아갈 도리밖에 없다.

하지만 사람은 어차피 물고기가 아니다. 그들은 다시 입을 열고, 농담하고, 경박스럽게 웃고 떠들 것이다. 내가 정말로 두려워하는 것은 그때다.

그런 일상에 돌아왔을 때야말로 내게는 두려운 시간의 시작이다. 그렇게 생각하며 나는 방어할 자세를 갖추고 있었다. 사람들이 죽음이라는 사실이 초래하는 일반적 충격에서 치유되어 점차 유코를 잊어갈 때, 그때 끝없이 펼쳐진 넓은 일상 속에 유코를 죽게 한 나의 싸움이 시작된다. 살을 에는 듯한 회한. 낮이나 밤이나 어둡게 똬리를 트는 자기혐오. 길 가는 사람의 시선조차 피하고 고개를 숙이게 하는 죄의식. 그리고 그 속에서 다시 살 길을 찾으려고 하는 나의 싸움.

유코의 장례식을 마치고 며칠 뒤, 나는 친구들과 헤어져 고향으로 돌아갔다. 그리고 그 여름을 고향 마을 근처에 있는 바닷가에서 혼자 보냈다. 임대한 지인의 집 별채는 나지막한 절벽 위에 있었다. 동쪽으로는 바위가 많은 하얀 모래사장이 펼쳐져 있었다. 해수욕하기에는 적합하지 않을 것이다. 여름 손님은 아주 적어서 그저 태양만이 바위와 모래사장에 허무하게 빛나고 있었다.

그곳에서 나는 기다렸다. 유코의 죽음이 내 속에서 격렬한 충격이 되어 퍼지기를. 그리고 그것과의 싸움에 다시 충실한 영광의 생활이 소생하기를. 나는 인적 없는 모래사장에서 몸을 태우면서 그런 기대에 가슴 설렜다.

하지만 그것은 좀처럼 찾아오지 않았다. 한여름 속으로 시간은 허무하게 지나갔다. 유코의 죽음을 슬퍼할 수 없는 게 아닐까, 하는 의혹이 언제부턴가 내 속에 싹텄다. 그것은 희미한 의혹이었다. 그러나 그 의혹을 깨달았을 때, 내 속에 갑자기 그 병원 뜰에서 다른 친구들의 천진난만한 쾌활함을 증오했던 기억이 떠올랐다. 그럴지도 모른다. 그것은 유코의 죽음을 슬퍼하지 못하는 자신을 본능적으로 예지했던 내 질투였을지도 모른다. 유코의 죽음을 슬퍼하고 있다는 사실을 순수하게 믿고 있는 친구들의 천진함에 대한 질투였을지도 모른다. 그날 내 어두운 표정은 유코의 죽음을 슬퍼하지 않는 자신을 감추기 위한 허세였을지도 모른다. 그런 생각이 들었다. 일단 그런 생각이 들자 나는 그 사실을 잊어버릴 수가 없었다. 그리고 어느 날, 나는 화려한 색의 수영복을 입은 도시 아가씨와 알게 되어, 파란 바다와 빛나는 태양 아래 함께 수영하고, 하얀 햇살이 비치는 거친 바위 뒤에서 그 아가씨를 안았다. 육지를 따라 모래사장으로 돌아왔을 때, 바다와 모래사장은 한낮의 태양 아래에서 원래의 색을 잃고 끝없이 하얗게 펼쳐졌다. 나는 내 속에 결코 회한이 찾아오지 않을 거라는 것을, 내 속에서 자기혐오가, 죄의식이, 그리고 그것과의 싸움이, 충실한 생활이 물결치듯 되살아나는 일은 절대 없을 거라는 것을, 나의 공허함은 일시적이거나 상황에 의한 것이 아니라 나 자신과 동의어라는 것을 알았다.

*

  그날 밤이 깊도록 긴 기억을 모두 얘기했을 때, 세쓰코는 고타쓰에 얼굴을 묻은 채 꼼짝도 하지 않았다. 그저 "그래서?"라고만 했다.

  "응?" 내가 되묻자 "그래서 포기했어?"라는 세쓰코의 목소리는 고타쓰 이불을 통해 낮고 희미하게 울렸다. 나는 일어서서 창문 커튼 틈으로 하늘을 보았다. 거의 영원이라고 해도 좋을 먼 옛날에 길을 떠난 별빛이 수십만 광년의 거리를 지나 이 지상에 내려오듯 찾아왔다.

  나는 쉽게 포기하는 타입이 아니었다. 그러나 새하얀 빛으로 가득한 여름의 의미, 그 공백의 충격은 결정적이었다.

  여름이 지나고 이윽고 가을이 찾아와 나는 다시 상경했다. 진학할 학과를 결정하는 게 급했지만, 어떤 선택도 결정도 하지 못했다. 내게는 아무런 자료도 없었다. 결정 기한이 지나고 나는 유급되었다.

  유급해서 고마바 캠퍼스 생활 삼 년, 그리고 다음해 혼고 캠퍼스 영문과에 진학한 뒤로 이 년. 그 여름 나 자신의 내적 공백을 노골적으로 드러낸 사건을 우연한 일, 혹은 일시적 현상으로 보는 것은 불가능했다. 그러나 그걸 감히 무시할 수는 없더라도 나의 노력으로 채울 수 있는 공백이라고 보았다. 그래서 충실한 생활은 바랄 수 없다 해도 적어도 내실 있는 생활을 구축하려고 노력했다. 나는 외적 규제를 가함으로써 스스로를 지탱하려고 했다. 나는 매일 강의에 착실히 출석하고, 엄격한 계획에 따라 책을 읽고, 수시로 파트너가 바뀌는 연애를 끊고, 얌전한 결혼 상대를 찾으려고 애썼다. 그러나 학업에 성실해질수록 내 공부는 실질적 내실을 갖지 못한 사고 훈련으로 기울어져갔다. 또한 내가 바라는 것은 이런 상대와의 성실한 생활이라고 믿었던, 명랑하고 신경질적이지 않은 눈과 얌전한 생활 태도를 가진 아가씨들은, 내가 절대 진심으로 그런 생활을 믿고 있는 게 아니란 것을 본능적으로 간파했는지 대부분 피하듯이 내게서 떠나갔다. 그리고 그런 사실을 깨달았을 때, 언제나 내 마음에는 그 여름날 햇살로 채워졌던 새하얀 풍경이 지나갔다. 그것은 결정적이었다. 어떤 노력도 내 공허함을 메울 수 없다는 것, 공허함을 공허함으로 그대로 내버려둘 수밖에 없다는 것을 나는 깨달았다. 그리고 나는 세쓰코와 약혼했다.

돌아보니 세쓰코가 얼굴을 들고 이쪽을 보고 있었다. 뺨은 눈물로 젖어 전등빛에 반짝이고 있었다. 세쓰코는 쓸쓸한 목소리로 말했다.

"나 돌아갈래. 바래다줘."

제5장

석사 논문 제출 기한이 다가오고 있었다. 나는 마무리를 위해 손 마디마디에 온 신경을 집중하는 조각가처럼 논문의 세부 마무리에 전념했다. 내가 오래된 기억을 얘기한 그날 밤 이후, 세쓰코와의 정기적인 왕래도 한동안 끊겼다. 그동안 세쓰코는 회사에서 한두 번 전화를 주었다. 세쓰코의 목소리는 다정했고 별다른 불편함은 없었다. 그리고 이 주 이상이 지나 논문 제출 기한인 12월 25일이 찾아왔고, 논문은 끝났다. 그 다음날 세쓰코는 약속대로 휴가를 얻어 오후에 내 하숙집으로 왔다.

나는 거의 밤을 새우다시피 한 마지막 일주일 동안의 피로에 세쓰코가 왔을 때도 아직 이부자리에서 멍하니 있었다. 나는 얼굴만 씻고 다시 요에 엎드려서 세쓰코가 사온 초밥을 먹었다.

"이제 3월만 기다리면 되네."

세쓰코는 온화하게 말했다. 우리의 결혼식은 3월 3일로 정해졌다.

"가즈코 씨도 비슷한 시기에 할 것 같아."

"결정했대?"

"어제 가즈코 씨 아파트에 갔었어."

"F선생은 어쩌고?"

"그게 말이지."

세쓰코는 머뭇거렸다.

"무섭네, 산다는 건."

온화했던 세쓰코의 표정이 조금 흐려졌다. 내가 토하는 담배 연기가 우리 사이에 옅은 안개처럼 떠돌았다. 세쓰코는 다음과 같은 이야기를 들려주었다.

가즈코와 F

12월 중순 어느 날, 시내에 있는 레스토랑 D의 한 객실에서 요코가와 가즈코와 미야시타는 정식으로 약혼식을 올렸다. 참석한 사람은 가즈코의 부모 대신으로 F와 미야시타의 부모 대신으로 I, 두 초로의 교수였다. 맥주가 몇 차례 돌고 식사가 끝난 뒤, F는 세상 물정 잘 아는 연장자답게 미야시타에게 가즈코를 데려다주라고 하고, 자신은 I와 함께 먼저 돌아갔다.

미야시타는 조용하고 밝은 커피숍으로 가즈코를 데리고 가 학
자로서 앞으로의 계획을 얘기했다. 가즈코는 I와 함께 돌아가는
F의 뒷모습을 떠올리면서, 조금 지루한 그 이야기에 귀를 기울였
다. 아무리 참담한 만남이었다 해도 F는 자신의 청춘이었다. 그
런 생각이 F가 간 뒤, 가즈코의 가슴에 깊이 새겨졌다. 그렇지만
끝났다. 앞으로는 조금은 길고 지루하겠지만 별 위험 없는 생활
이 시작될 것이다. 미야시타의 말이 가즈코의 옆으로 계속 흘렀
다. 가즈코는 그 청년의 얼굴을 보았다. 산다는 것의 허무함, 그
걸 알든 모르든 그 속에서 살 수밖에 없는 허무함이 가즈코의 가
슴을 찔렀다. 그리고 그때 비로소 가즈코는 그 청년도 역시 그 허
무함 속에서 살고 있다는 사실을 깨달았다.

미야시타는 가즈코를 바래다주었다. 그는 아파트 바로 앞 어둠
속에서 가즈코의 어깨에 어색하게 손을 얹고 서투른 몸짓으로 상
반신을 숙였다. 가즈코는 태어나서 처음으로 남자의 입술을 받으
면서 이걸로 된 거라고 자신에게 말했다. F가 몇 번이나 가즈코의
아파트를 찾아와도 이런 일은 일어나지 않았다. 가즈코는 선생님
과의 관계가 이런 것을 필요로 하지 않을 만큼 확실한 것이어서
였다고 생각했다.

미야시타는 아파트 입구에서 돌아갔다. 가즈코가 방에서 잠옷
으로 갈아입고 잠자리에 들었을 때, 갑자기 흐트러진 초인종 소

리가 짧게 울렸다. 가즈코는 가슴이 고동치는 소리를 들었다. 흐트러져 있었지만, F가 초인종을 누르는 방식이었다. 가즈코는 몸을 일으키려 했다. 그때, 갑자기 이유 없는 공포가 가즈코를 엄습했다. 초인종이 또 울렸다. 가즈코는 이불 속에서 몸을 움츠리고 귀를 막았다. 그것은 많은 낮과 밤 동안 가즈코가 불안한 가슴으로 애타게 기다렸던 초인종 소리였다. 그리고 지금도 가즈코의 가슴은 예전처럼 쿵쾅거렸다. 초인종은 또다시 짧게 세 번 울렸고 가즈코는 견디지 못하고 문을 열었다. 거기에는 술에 취한 늙은 F가 서 있었다.

노란 전등빛 아래 다리를 옆으로 하고 편안히 앉은 F의 모습에서 가즈코는 처음으로 늙고 추한 그림자를 보았다.

"어쩐 일이세요, 선생님."

"네가 보고 싶었어, 한번 더."

가즈코는 잠옷 차림의 몸이 F의 시선에 드러나 있는 걸 느꼈다.

"너는 행복해질 거야."

"행복해지기 위해 결혼하는 걸까요?"

"아니, 그래도 너는 행복해질 거야. 그걸로 됐어. 그걸 바라는 것은 누구보다 나일 거야. 다만,"

F는 갑자기 자조하듯 말했다.

"결혼의 행복이란 참으로 교묘한 표현이 아닐 수 없어. 젊은 여자들은 별로 사랑하지도 않는 남자와 결혼해도 그 순간부터 그럴싸하게 행복한 여자 행세를 하지. 그런 걸 많이 보아왔다. 그런데, 나는 왜……"

F는 말하기를 주저했다. F의 시선은 갑자기 부드러워지며 가즈코의 몸을 바라보았다.

"가즈코, 기억하니? 그해 초여름 네가 처음 내게 책을 빌리러 연구실로 왔을 때. 나는 너를 배웅하며 다리가 가는 여자아이구나, 생각했다. 나는 이 아이를 지켜주어야 한다는 생각이 들었어. 그리고 네가 졸업해서 우리 사이가 개인적인 것이 될 때까지, 그리고 그렇게 된 뒤에도 나는 언제나 너를 소중히 해왔다. 생채기 하나 내지 않으려고 애썼어. 내 욕망으로 너를 상처 입히지 말아야지, 처음 너를 만난 그대로 두어야지 생각했다."

"그런 게 가능할 리 없잖아요."

가즈코는 따지듯이 말했다.

"그토록 선생님을 그리워하며 달라지지 않을 수 있을까요? 저는 달라졌어요. 선생님은 못 느끼셨어요?"

F는 가즈코를 물끄러미 바라보았다. 그는 별안간 몹시 신음하는 듯한 소리를 내더니, 떼쟁이 아이처럼 머리를 감싸고 이불 위로 쓰러졌다.

"그래, 맞아. 나는 대체 무슨 생각을 한 걸까. 난 겁쟁이였어. 난 왜 너를 안지 않았던 걸까? 안아서 달라지는 게 뭐 있다고. 가즈코, 나는 언제나 너만을 생각했어. 집에서 아내 옆에 누워 있을 때도 아직 본 적 없는 네 몸을, 네 표정을 생각했어, 가즈코."

F는 앉아 있는 가즈코의 무릎에 매달리듯이 하고 가즈코를 보았다.

"가즈코, 이제 3월이면 넌 그 청년의 것이 된다. 너의 이 입술에 그의 입술이 포개져. 너의 이 몸에 그의 몸이 다가오고, 너의 이 몸은 그에게 열리겠지. 너의 표정은 그의 손에, 그의 몸에 반응하겠지. 그런 일이 생겨도 되는 거니? 그 가느다란 다리를 가진 소녀였던 네가 몸을 열고 그를 받아들이다니. 그런 일이 있어도 되는 거야?"

가즈코는 F를 떼어내고 무릎을 모아 반듯하게 앉았다.

"선생님, 이제 그만 말씀하세요. 저는 선생님이 말씀하시기만 하면 뭐든 드릴 생각이었어요. 저는 선생님의 것이었어요. 정말로 몸도 마음도 선생님의 것이었어요. 미치도록 선생님의 것이었어요. 손이, 입술이, 몸이, 닿았거나 닿지 않았거나 이미 더는 어쩔 수 없을 정도로 저는 선생님의 것이었어요. 앞으로 제가 누구에게 몸을 허락하든 그게 무슨 상관이에요. 선생님, 이걸로 됐다, 정말 됐다고 한마디만 해주세요. 네, 선생님? 이걸로 됐죠? 그렇죠, 선생님? 제게 주는 선물이라 생각하시고 그렇게 말씀해주세요."

"됐다고 말하라는 거냐? 그렇지만 어쩌면 좋으냐. 난 너를 사랑한다, 사랑한다고. 어떻게 해야 좋으냐."

울먹이듯이 그렇게 말한 F는 갑자기 뭔가를 깨달은 듯이 입을 다물고, 가즈코의 얼굴을 바라보았다. 살의와 비슷한 것이 그의 얼굴에 번졌다. 뼈가 앙상한 F의 손이 가즈코의 어깨를 잡고 끌어당겼다. 그의 손에서 뜻밖에 난폭한 힘을 느꼈을 때, 한껏 긴장했던 가즈코의 마음이 허물어졌다. 의지를 잃은 듯이 쓰러져 누운 가즈코의 몸 위로 살육이 지나갔다. 그러는 동안 가즈코는 통증과 비슷한 격렬한 감각에 조그맣게 소리치고 있는 자신을, 차가워진 머리 한구석으로 예민하게 느끼고 있었다. 한밤중, 늙은 F는 비틀거리듯이 아파트 계단을 내려갔다. 요코가와 가즈코는 계단 위에 우두커니 선 채 그 뒷모습을 지켜보고 있었다.

*

얘기를 마친 세쓰코의 얼굴은 몹시 어두웠다.

"산다는 건 대체 뭘까?"

세쓰코가 말했다.

"요코가와 씨는 울면서 그 얘기를 했지만, 왠지 그걸 자랑하는 것 같은 분위기였어. '나, 행복 따위 필요 없어. 인간은 행복해지기 위해 사는 게 아니야. 그렇지? 산다는 것에 비하면 행복이란 건 아주 하찮은 일이야.' 요코가와 씨는 그렇게 말하고는, 울면서 내 어깨를 흔들었어."

"불쌍하네."

나는 말했다.

"어떻게 살든 사람이 사는 세월은 빤한 건데."

"빤하니까 행복 같은 건 굳이 찾지 않겠다고 생각하는 걸지도 몰라."

세쓰코는 안타깝다는 듯이 말했다.

"요코가와 씨도 가엾지. 그렇지만 요코가와 씨 얘기를 듣고 있으니, 왠지 문득 나 자신이 비참해졌어. 어쩌면 행복 따위 필요 없다고 생각하는 요코가와 씨는 가장 행복할지도 모르겠어. 불쌍한 건 우린지도 몰라."

세쓰코는 그렇게 말한 뒤, 얼굴을 들고 나를 보았다. 그러나 바로 고개를 돌리고 작은 목소리로 말했다.

"이런 말 해봐야 소용없겠지, 그렇지."

그리고 갑자기 분위기 전환을 하듯이 밝게, 거의 들뜬 모습으로 말했다.

"이제 그만 일어나. 시내에 나가자. 영화도 보고 연말의 거리를 한번 걸어보자고. 이틀 늦은 크리스마스이브야."

그날 밤 우리는 충분히 행복했을 터였다. 세쓰코가 고른 영화는 미국의 청춘 코미디였다. 우리 두 사람에게 잘 어울리는 밝은 영화로, 세쓰코는 자기 어깨를 내 어깨에 기대면서 웃었다.

하지만 세쓰코는 도중부터 갑자기 웃음을 그쳤다. 얼굴을 들여다보니 시시하다는 듯 맥빠진 표정으로 아무것도 아니라고 고개를 저었다. 그리고 아직 영화가 끝나지도 않았는데 "우리 나가. 배고파졌어" 하고 속삭였다.

반지하에 있는 레스토랑은 따뜻하고 편안했다. 창가 자리에 앉으니 레이스 커튼이 걸린 두꺼운 창유리와 그 너머 작은 화단을 통해, 길을 오가는 사람들의 단조로운 술렁거림이 바다 밑바닥에 있는 것처럼 전해져왔다.

그러나 세쓰코는 여기서도 편하지 않은 모습이었다. 식후 커피를 마실 때까지 우리는 거의 말을 하지 않았다. 세쓰코는 손에서 놓친 듯 큰 소리를 내며, 커피잔을 잔 받침에 내려놓았다. 평소 세쓰코에게 없는 일이었다. 세쓰코의 손을 보니 떨고 있는 것 같았다.

"나가자. 좀 걷고 싶어."

세쓰코는 그렇게 말하고 뭔가에 쫓기듯이 일어섰다.

거리에는 조금씩 눈발이 날리고 있었다. 색색의 네온이 흩날리는 눈을 비추면서 화려하게 깜박이고 있었다. 세쓰코는 그 속으로 내 팔을 잡아끌듯이 하고 여기저기 데리고 다녔다. 파친코에서 요란하게 구슬이 흘러나오는 소리와 거리의 소음에 섞여 징글벨이 울리고, 그 옆에서는 몇 번, 몇 번 하고 짜증나게 외치는 스피커 소리가 길 위로 흘렀다. 예쁘게 차려입은 아가씨들 사이로 취한 남자가 이리저리 비틀거리며 걷다가 우리 옆으로도 스쳐지나면서 괴상한 소리를 지르며 술냄새나는 입김을 뿌리고 갔다. 세쓰코는 흥청거리는 분위기의 그 어떤 곳도 편안하지 않은지 불안스럽게 걸어다녔다. 그리고 어느새 불빛이 드문드문해진 한적한 길까지 오자, 갑자기 멈춰 서서 내 코트에 얼굴을 묻고 "아아, 아아" 하고 울듯이 나를 흔들었다.

"왜 그래?"

세쓰코는 그렇게 묻는 내게 대답도 하지 않고, 여전히 나를 흔들며 양손으로 주먹을 쥐고 때렸다.

그러다 별안간 얼굴을 들더니 갑자기 생각났다는 듯이 말했다.

"있잖아, 호텔에 가자, 지금 당장."

"이 바보야! 우리집에 가자. 집에서 자고 가."

"싫어!"

세쓰코는 딱 잘라 거절했다.

"지금 당장이 아니면 싫어. 당신 냄새가 배어 있는 곳은 싫어. 신경쓰이는 것도 싫어."

도로에서 몇 걸음 들어간 골목길에 있는 호텔의 현관은 노을질 무렵처럼 어둑하게 조명을 켜놓았다. 현관에 들어서자 바로 로비 같은 작은 공간이 있고, 종업원은 그곳에 있는 가스난로 앞 소파에 우리를 앉히고는 사라졌다.

젊은 남녀가 복도 안쪽에서 나와 로비 옆을 지나가는데, 여자의 하얗고 포동포동한 옆얼굴을 보았을 때, 나는 앗, 하고 놀랐다. 연구실에서 사무를 보는 후쿠하라 교코를 닮아서였다. 여대 출신으로 아직 아이 같아 보이는 후쿠하라 교코를 닮았다. 아니, 후쿠하라 교코 바로 그 사람으로 보였다. 나는 엉겁결에 자세히 보려고 그 모습을 눈으로 쫓았다. 하지만 그 여자는 우리 쪽을 흘끗 보더니, 바로 시선을 피하고 남자에게 달라붙어 현관을 나갔다.

종업원이 바로 돌아와서 우리를 방으로 안내했다.

종업원은 차와 과자를 내려놓고 말없이 꾸벅 인사를 하고 나갔다. 나는 일어서서 열쇠를 내려놓았다. 세쓰코는 한쪽 구석에 있는 소파에 앞으로 몸을 내미는 듯한 자세로 엉거주춤 앉았다.

방은 따뜻하고 깨끗하고 아늑했다. 바닥에는 탁한 붉은색 주단이 깔렸고, 나무 침대의 커버도 같은 색 계열 꽃무늬였다. 커튼이 쳐진 창 너머에는 화단이 있는지 그 너머로 지나가는 자동차 소리가 멀리서 들리는 것 같았다. 조금 어두운 전등은 부드러운 빛을 뿌렸다. 침대 커버를 들춰보니 그 아래는 침대가 잘 정리되어 있었다.

나는 커버를 바로 하고 세쓰코 쪽을 보았다. 세쓰코는 불안한 듯이 나를 보고 있었다.

"따뜻하네."

세쓰코는 대답 대신 일어서서 내 쪽으로 다가왔다. 세쓰코의 어깨는 추운 듯이 떨렸다.

"자, 그럼 몸 좀 녹이고 돌아갈까."

나는 세쓰코를 침대에 앉히고 코트를 가지고 와서 세쓰코의 어깨에 걸쳐주었다. 세쓰코는 여전히 떨고 있었지만, 갑자기 성가신 듯이 어깨를 흔들어 그걸 떨쳐냈다.

"싫어, 이런 거. 이런 거 싫단 말이야."

세쓰코는 조그맣게 소리치며 초조한 듯이 내게 몸을 붙이고 내 입술을 원했다. 그것은 세쓰코에게서 처음 느끼는 격렬함이었다.

키스 후, 세쓰코는 손을 뻗어 전등을 껐다. 그러고는 윗옷을 벗더니 재촉하듯이 나를 바라보았다.

폭풍이 거세게 덮쳐왔다. 그날 밤의 세쓰코는 낯설었다.

이따금 찾아오는 파도도 점점 간격이 멀어지고, 세쓰코는 이제 깊은숨을 조용히 몰아쉬며 내 옆에 누워 있다.

몇 분이 지났을까. 알몸의 어깨를 조금 보인 채, 그때까지 미동도 하지 않고 누워 있던 세쓰코의 감긴 속눈썹 사이에 눈물이 고이더니 귀 쪽으로 흘러내렸다.

"빨리 결혼하자."

나는 고개를 돌려 세쓰코의 귀에 속삭이듯이 말했다. 그때 나는 세쓰코의 눈물에 얼마나 교만한 착각을 했던가. 나는 우리가 포옹하는 동안 세쓰코가 평온함을 되찾았다고 생각했다.

"응."

세쓰코는 끄덕였지만 너무 힘이 없어서 거의 소리가 나지 않았다. 깜짝 놀란 나는 그제야 상반신을 일으켜 세쓰코의 얼굴을 들여다보았다. 세쓰코의 얼굴에 있는 것은 평온함이 아니라, 쓸쓸함, 뭐라고 표현할 수 없는 쓸쓸함이었다. 세쓰코는 조용히 오열했다. 세쓰코의 떨리는 입술에서 희미한 소리가 새어나오고, 새로운 눈물이 또다시 두 눈에서 쏟아져내렸다.

돌아오는 길에 세쓰코는 내내 우울한 모습으로 거의 입을 열지 않았다. 마음 밑바닥에 깔린 어둠 속으로 조용히 가라앉고 있는 것 같았다.

국철인 T역에서 나는 세쓰코에게, "어떻게 할까? 우리집에서 자고 가지?" 하고 말했다.

"아니."

세쓰코는 천천히 고개를 저었다.

"그냥 돌아갈래."

나는 끄덕이고 세쓰코를 데려다주기 위해 사철 선로 쪽으로 걸어가려고 했다. 그러나 세쓰코는 내 앞에 서더니 내 양팔을 가만히 잡고 부탁하듯이 말했다.

"혼자 갈게."

나는 세쓰코를 보았다. 세쓰코는 불안해 보이는 한편으로 평온해 보였다. 나는 헤어질 때의 습관대로 세쓰코의 어깨에 손을 올리고 말했다.

"그럼 조심해."

세쓰코는 눈으로만 끄덕거리고, 돌아서서 혼잡한 인파 속으로 걸어갔다. 거의 의지 없이 그 속으로 빨려들어가는 것 같았다. 나는 국철 플랫폼으로 올라갔다.

노선이 몇 가닥으로 흩어진 사철 선로 플랫폼의 지붕에는 하얀 눈이 얇게 쌓여 있었다. 조금 거세진 눈이 흩날리는 너머로 그쪽 플랫폼 사람들이 오가는 게 부옇게 보였다. 그러나 바로 내선 국철이 플랫폼으로 들어와서 사철 선로 플랫폼은 가려졌다. 코트를 입은 승객들이 깊은 밤의 플랫폼으로 우르르 내리고, 플랫폼에서 기다리던 승객들이 타고, 그리고 전철은 떠났다. 내가 탈 외선 국철은 아직 오지 않았다. 사철 선로 플랫폼에서는 마침 들어온 하행선의 운전대 부근에 무슨 일인지 사람들이 웅성거리는 것 같았다. 손전등을 들고 달려오는 역무원이 인형처럼 조그맣게 보였다. 역무원은 선로에 뛰어내려 어두운 선로 위를 비추었다. 이윽고 외선 국철이 와서 나는 그것을 타고 하숙집으로 돌아왔다.

고타쓰를 켜고 이불에 쏙 들어가서 잠이 들려던 참이었다. 아마 열두시가 막 지났을 거라고 생각한다. 나는 전화가 걸려와서 일어났다.

"후미오, 세쓰코가 큰일났어!"

느닷없이 그렇게 소리친 사람은 사에키 숙모였다.

세쓰코가 T역의 플랫폼에서 떨어졌다고 한다. 그 T역 사철 선로에서의 사고가 세쓰코에게 일어났던 것이다. 중상이라고 했다. 나는 병원 이름을 듣자마자 전화를 끊고 아까 벗어놓은 옷을 주위 입고 코트를 걸치고 계단을 뛰어내려갔다. 현관문을 열고 밖으로 나왔을 때, 불 끄는 걸 잊었다는 생각이 머리를 스쳤다.

지나다니는 차도 드문드문해진 밤의 아스팔트를 질주하는 택시 안에서 내 마음은, 세쓰코, 죽으면 안 돼, 세쓰코, 죽으면 안 돼, 하고 계속 부르짖고 있었다. 다리가 불편해져도 돼, 다리 하나가 없어도 돼, 반신불수여도 괜찮아, 평생 움직이지 못해도 좋아, 그저 죽지만 마, 살아 있어줘, 어떡하든 살아 있어줘, 라고 생각했다.

그것은 나 자신도 생각지 못한 감정의 태풍이었다. 나는 그때 비로소 내가 세쓰코를 진심으로 소중히 여기고 있다는 걸 깨달았다. 그제야 세쓰코가 내게 정말로 소중한 존재였다는 사실이 딱딱한 막대기처럼 내 가슴을 때렸다. 이 년 남짓한 세월을 함께 보냈고, 남들한테 말한 적 없었던 그 여름의 기억도 얘기한 지금, 세쓰코를 잃는다는 것은 내 삶의 실질적인 모든 것을 잃는 것이라고 생각했다. 함께 보낸 밤과 낮의 수십 개나 되는 세쓰코의 얼굴과 모습이 내 머릿속에서 포개졌다. 그리고 그것은 낯설었던 몇 시간 전 세쓰코의 모습, 아마 세쓰코와 나 사이에 있는 모든 것, 쓸쓸함도 고통도 쾌락도 한데 모여 있었던 것 같은 그 세쓰코의 모습이 되어 더욱 내 가슴에 파고들었다.

살아줘.

나는 거의 기도하듯 그렇게 빌었다.

세쓰코가 살아난 것은 기적이라고 해도 좋을 우연이었다. 10미터만 플랫폼 뒤쪽으로 떨어졌더라면 가망이 전혀 없었다. 또 코트가 전철 앞부분에 끼지 않았더라면 세쓰코의 몸은 전철에 끌려갔을 뿐만 아니라, 바퀴에 딸려들어가 적어도 양다리 절단, 혹은 대량 출혈로 죽음을 면치 못했을 것이다.

기관사는 자살하려고 했던 게 아닐까요, 하며 이렇게 말했다. 세쓰코가 플랫폼 안쪽에서 비틀비틀 나오더니 그대로 허공을 걷듯이 플랫폼 밖으로 걸어나와 떨어졌다고. 그것은 멍하니 있다가 헛디뎠다기보다는 자신이 무엇을 하는지 알고 있으면서 멈출 마음이 없었던 걸로 보였다고. 그러나 의식을 회복한 세쓰코는 그렇지 않다, 그냥 피곤해서 넋을 놓고 있었을 뿐이다, 라고 했다.

세쓰코의 상처는 물론 가볍지 않았다. 왼쪽 허벅지와 다른 한 군데 골절, 관절 손상이 몇 군데, 전신 타박상으로 약 두 달 동안 입원해야 했고, 퇴원 후에도 한동안 왼쪽 다리와 오른쪽 팔이 불편할 거라는 진단이 나왔다. 그러나 세쓰코가 입원했던 그 두 달 동안은 우리가 약혼한 이후 가장 평화로운 시기였다.

아니, 그렇지 않다. 우리 사이는 그 헌책방 한구석에서 내가 H전집 중 한 권을 손에 넣은 늦가을 그날부터 두세 달, 몇 개의 사건이 우리 앞에 모습을 나타내고, 거기에 따라 몇 가지 사건이 우리 마음속에 일어난 그 두세 달을 제외하면 언제나 평화로웠다. 그

러나 동요했던 두세 달 동안에 우리는 그 이전에는 암묵 속의 이
해에 지나지 않던 자신들의 생활 방식을 서로에게 확실히 보여주
고 설명할 수 있었다. 그래서 세쓰코와 병원에서 보낸 날들은 예
전의 평화로운 날들이 다시 찾아왔다는 것, 그리고 죽을 때까지
영원히 계속될 거란 것을 우리에게 알려주었다. 시련은 지나고 평
화는 되살아났다. 우리는 우리에게 어울리지 않는 생활을 동경한
적은 한 번도 없다. 우리는 앞으로도 서로 사랑하고 감싸며 살아
갈 것이다. 적어도 나는 그렇게 믿고 그 두 달을 살았다.

　나는 이미 논문을 완성했고 취직도 결정되었다. 앞으로 남은
두세 과목의 시험만 치면 홀가분한 몸이었다. 이틀에 한 번은 병
원을 찾아가 아직 움직이지 못하는 세쓰코의 곁에서 보냈다. 꽃
이나 과자를 사가기도 하고, 두서없는 잡담을 하기도 하고, 또 때
로는 세쓰코를 위해 시나 짧은 소설을 읽어주었다.

　추억은 사냥꾼의 풀피리
　바람 속에서 소리는 죽어가네

　바람 속에서 소리는 죽어가네– 지친 세쓰코가 잠든 뒤 나는 그
옆에서 뒤적뒤적 페이지를 넘기며, 병원 밖에서 찾아오는 소리에
귀를 기울인 채 시간을 보냈다. 그렇다. 추억은 가까운 추억이든
먼 추억이든 모두 우리에게서 떠나가고 죽어갈 것이다. 그리고

남겨진 우리는 서로 사랑하면서 늙어가다 마침내 죽음을 맞이할 것이다. 또한 우리는 행복할 것이다.

3월 초순으로 예정된 우리의 결혼식은 세쓰코의 사고로 가을로 연기되었다. 그러나 나는 결혼을 미루고 싶지 않았다. 어른들이 만족하도록 일단 가까운 친척들 앞에서 식을 올리고, 둘이서 내 부임지인 F현으로 가면 된다. 그리고 부모들이 원한다면 가을쯤에 다시 피로연을 열자. 중요한 것은 둘이서 같이 산다는 것이다. 그렇게 얘기하는 내게 세쓰코는 묵묵히 끄덕였다. 부모들도 세쓰코의 몸을 염려하면서도 결국 동의했다. 세쓰코는 2월 말에 퇴원했고, 동시에 회사를 그만두었다. 우리의 결혼은 3월 25일로 정해졌고, 식을 올린 뒤 바로 F현으로 떠나기로 했다.

나는 오랜만에 찾은 연구실에서 후쿠하라 교코와 마주쳤다. 방학에 들어간 오후의 연구실에는 조교들도 외출하고, 나와 교코 두 사람뿐이었다.

교코는 나를 보더니 얼굴이 조금 빨개졌다.

"오랜만에 오셨네요."

"응."

해가 바뀐 뒤 교코를 만나는 것은 이번이 처음이었다.

"오시면 무슨 말을 해야 하나 싶었어요."

"뭘?"

"연말에요. 그런 데서 만났잖아요."

교코는 빨개진 얼굴로 시선을 피하며 말했다.

"역시 너였구나. 어두운데다 얼핏 봐서 잘 몰랐어."

"그랬군요."

교코는 잠시 침묵하더니 입을 열었다.

"알아도 괜찮아요. 그게 나니까…… 그런데, 나 경멸했어요?"

"나도 같은 곳에 있었잖아."

교코는 아무 말도 하지 않았다. 잠시 후 "나랑 같이 있었던 사람……" 교코는 주저하면서 말했다.

"……그 사람, 그날 처음 만났어요."

나는 교코를 바라보았다. 교코의 표정에는 이미 좀 전의 홍조는 없었다. 언제나처럼 차분하고 약간 우울해 보였다. 교코는 얼굴을 들고 말했다.

"결혼하시죠, 곧?"

"3월 말에 해."

"좋겠어요."

교코는 내 시선을 피하듯이 창밖을 보았다. 그리고 변명하듯 말했다.

"그렇지만 자주는 아니에요. 어쩌다가. 일 년에 두세 번 정도. 왜 너무 외롭고 외로워서 어쩔 줄 모를 때가 있잖아요."

"왜 애인을 사귀지 않아? 그 편이 안심될 텐데."

나는 물었다.

"사귀고 싶지만 어려워요."

교코가 대답했다.

"무서워요, 남자가. 그 탓이라고 생각해요. 애인이 생기지 않는 건. 일회성으로 만나는 남자는 단순한 모습이잖아요. 그런데 몇 번 만나다보면 그 사람 뒤에 있는 생활을 알게 되고요. 그렇게 생활을 갖고 있는 남자는 너무 복잡해서 두려워요. 여자 형제 사이에서만 자란 탓일까요."

"선을 봐. 그것도 두려운 면이 있을지 모르지만, 못 본 척할 수는 있어."

"그러네요. 그렇게 될 것 같아요. 그렇지만 선을 본다고 외롭지 않게 될까요?"

"서로가 외롭다는 걸 깨달으면."

"그런 거 너무 처량해요. 그렇지만 어쩔 수 없을지도 모르겠네요."

교코는 그다음 얘기는 혼잣말처럼 중얼거렸다.

3월 중순의 어느 화창한 날이었다. 아직 추위는 가시지 않아 덧문을 열어두면 냉기가 방안 가득 흘러들어왔다. 그러나 그 차가운 대기 속에는 희미하지만, 의심할 여지 없는 봄기운이 섞여 있었다. 창밖에 펼쳐진 초록빛이라곤 없는 누런 밭도 촉촉한 기운을 머금은 듯이 보였다.

또 봄이 온다. 젊은 사람들은 막연한 희망에 가슴 설레고, 병자들이나 노인들은 다시 만나지 못할 줄 알았던 이 은혜로운 계절을 만나게 되어, 뭐라 표현할 수 없는 감사의 마음으로 가득할 것이다. 병원에서 세쓰코에게 읽어주었던 소설 한 구절이 내 마음에서 맴돌았다. 또다시 소생한 봄. 앞으로 몇십 번이고 소생할 봄. 조금 지루하겠지만, 그것이 행복이란 것이다.

아래층에서 나를 부르는 소리가 들렸다. 가보니 전화가 와 있었다.

"후미오 씨? 나야."

세쓰코였다. 큰 역의 공중전화에서 거는지 웅성거림에 섞여 멀리 열차 안내 방송이 들려왔다.

"무슨 일이야……?"

"아니, 별로 용건은 없지만."

"어디서 거는 거야?"

"음……"

세쓰코는 머뭇거렸다. 전화 양쪽에서 잠시 침묵이 이어졌다.

"그냥 목소리가 듣고 싶어서."

"오는 길에 들르지, 전화하느니."

"응. 그런데……"

세쓰코는 또 머뭇거렸다. 그러더니 "나 아무래도 갈 수 없을 것 같아" 하고 아주 진지한 어조로 말하고 또 입을 다물었다. 그 침묵 사이로 열차 도착을 알리는 안내 방송이 들려왔다. 잠시 후 뜬금없이 "저기, 잘 있지? 지금 뭐하고 있었어? 뭐라도 얘기 좀 해봐" 세쓰코는 애가 타는 듯한 목소리로 그렇게 말했다.

"왜 그래?" 의아해하는 내 목소리에 "아니. 아무것도 아냐" 세쓰코는 그렇게 빠르게 말하고, 잠시 틈을 둔 뒤 바로 자르듯이 말했다.

"그럼 후미오 씨, 잘 있어. 안녕."

세쓰코는 마지막의 '안녕'이라는 말을 내던지듯이 말하더니 내 대답을 기다리지 않고 전화를 끊었다. 그리고 그날 저녁, 나는 세쓰코에게 한 통의 두툼한 속달 편지를 받았다.

제6장

세쓰코의 편지

벌써 퇴원한 지 한 달이 지났네. 작년 가을 사노 씨의 유서를 읽고 난 뒤 일어난 마음의 동요, 당신과 나눈 잊을 수 없는 몇 가지 대화, 그리고 연말에 있었던 나의 사고. 그런 일도 지나고 나면 금세 과거가 돼버리고, 또 평소와 똑같은 생활이 시작되는 것 같아. 4월부터 시작될 당신과의 평범하지만 평화로운 생활. 어째서 난 선뜻 거기에 몸을 맡기지 못하는 걸까.

당신과 약혼한 뒤로 마지못해 그런 생활을 해야 한다는 생각은 한 적이 없어. 오히려 그 생활을 동경했고, 때로는 마치 소녀 같은 상상을 하며 당신과 만들 가정을 그리기도 했어. 고요한 가을 해질녘, 단풍잎에 반사된 노을빛이 노랗게 비쳐드는 서재, 책으로 둘러싸인 책상에 앉아 있는 당신, 놀다가 돌아온 아이의 달뜬 목소리, 따스한 불빛, 주방에 가득한 밥 짓는 냄새와 모락모락 나는 김. 혹은 이른 여름 아침, 일어나기 싫어 보채는 아이를 한 팔에 안고 이슬에 젖은 채 활짝 핀 나팔꽃을 세는 당신, 오이를 씻는 내 손에 튀는 물방울, 고개를 들어 보면 투명하고 푸른 하늘에 일찍부터 반짝이며 피어오르는 뭉게구름. 어째서 나는 그 모두를 버리고 떠나야 하는 걸까.

그렇지만 이제 알고 있어. 알아버렸어. 생각을 하면 할수록, 하루하루 미루면 미룰수록, 그렇게 할 수밖에 없다는 걸 확실하게 알아버렸어.

후미오 씨. 나는 당신을 떠나. 당신에게서도, 도쿄에서도 떠나기로 했어. 이렇게 하는 것말고 내가 무엇을 더 할 수 있을지 모르겠어.

용서해줘. 당신과의 약혼을 절대 대수롭지 않게 생각했던 건 아냐. 왜 내가 이렇게 해야만 하는지 이해해주길 바라. 그치만 나도 잘 모르는 것을 어떻게 당신에게 설명해야 좋을까.

그래도 당신은 이해해주어야 해. 당신이 이해해주지 않으면 누가 날 이해해주겠어.

당신과 약혼한 지 벌써 이 년이나 됐네. 그런데 그동안 당신은 한 번도 내 옛날이야기를, 학생 시절 무슨 생각을 하고 어떻게 지냈는지를 물어보지 않았지.

우리의 약혼이 그런 것이었기 때문일 거야. 그건 잘 알아. 하지만 그래도 물어봐주길 바랐어. 그런 걸 물어주지 않는 게 왠지 쓸쓸했어. 당신은 그 마음을 이해할 수 있을까. 대학을 나와서 겉으로는 어른 같은 얼굴을 하고 있어도, 나는 언제나 당신도 잘 알다시피 울보 세쓰코, 고집쟁이 세쓰코, 그러면서 명랑한 세쓰코였지. 언제나 후미오 씨가 나를 봐주길 기다리고 있었다는 걸, 후미오 씨 당신은 알고 있었을까.

그런데 후미오 씨. 그 시절, 내가 아직 어린아이였던 시절을 떠올려봐줄래? 나는 지금도 세쓰코지만, 그것이 나였다고는 도저히 믿어지지 않아.

그 활달했던 여자아이. 언제나 뭔가에 가슴 설레며 살아가는 것을 정말 좋아했던 여자아이. 늘 살고 싶다, 살고 싶다고 그것만 바라던 여자아이. 그게 정말 나였는지 이제 와서는 믿기지 않을 정도야. 그 시절의 나는 여름 아침 학교 가는 길에 문득 뺨을 스치고 지나가는 산들바람, 특별활동으로 늦게 하교하는 가을 저녁이면 노을빛에 물든 은행나무 가로수의 긴 그림자, 추운 설날에 팽팽한 대기를 진동시키며 들려오는 새소리, 그런 것을 만날 때마다 가슴이 벅차서 이유 없는 기쁨으로 소릴 지르고 싶어지곤 했었어.

그러나 그런 옛 추억에 잠기는 일이 무슨 의미가 있을까. 그런 기억이 선명하게 가슴에 되살아나는 것은 그만큼 지금의 생활에 여유가 없다는 증거일까.

학생 시절 얘기를 내가 당신한테 하지 않았던 것은 정말로 당신이 물어봐주지 않아서였을까. 아니면 그 시절 일이 지금 와서 얘기할 만한 가치가 없는 것이어서였을까. 지금 이렇게 당신에게 편지를 쓰며 그 시절 내 얘기를 하려고 해도, 대체 무슨 일이 있었는지 무슨 얘기를 해야 좋을지 망설이게 되네.

아니, 아무 일도 없었다고 하면 거짓말이겠지. 얘기할 건 있어. 그렇지만 그걸 조리 있게 얘기하려고 하니 너무 공허하고 빈곤하여 얘기할 만한 게 하나도 없다는 생각이 드네. 그렇지만 내 속에 깊이 가라앉아 있는 그것부터 일단 얘기하지 않으면 당신과 약혼할 때 무의식중에 나를 붙잡고 있던 체념이라든가, 지금 다시 나를 붙잡고 당신에게서 떼어놓으려고 하는 마음의 동요를 당신에게 이해받지 못할 것 같아.

내가 사노 씨한테 책을 빌린 그날 밤 얘기를 했던 것 기억나? 그리고 사노 씨가 유서에서 그날 밤 사노 씨에게 지하 잠행 얘기를 듣던 내가 갑자기 눈앞에 있는 사노 씨가 아닌 다른 것에 정신이 팔린 것처럼 보였다고 썼던 것도 기억나?

사노 씨의 관찰은 정확했어.

나는 그날, 시부야에서 어떤 남자를 기다리고 있었어. 아니, 어떤 남자라고 쓸 필요도 없네. 내가 기다렸던 사람은 고마바 캠퍼스에서 당신과 같은 과였고, 당시 역사연구회 회장이었고, 지금은 후지중공업 도쿄 본사에 있는 노세 씨야. 하지만 그날 두 시간이나 기다려도 노세 씨는 오지 않았어. 그래서 기다리길 포기하고 탔던 전철에서 사노 씨를 만난 거야.

그때 사노 씨는 고마바의 학생 당원이 지하로 잠행한다는 얘기를 흘렸어. 이미 일본 공산당이 전환기를 맞고 있던 시절, 지하조직을 새롭게 짤 거라는 얘기는 사노 씨도 잠깐 언급했듯이 복잡한 내부 사정이 있었겠지만, 그것은 당원이 아닌 내가 알 바 아니었어. 다만 지하 잠행 얘기를 들었을 때, 거의 반사적으로 '그럼 노세 씨도?' 하는 생각이 들어서 그때부터 다른 일은, 심지어 눈앞에 있는 사노 씨조차 안중에 없게 돼버린 거야. 그런 태도가 사노 씨에게 실례란 생각도 하지 못했어.

내 마음이 나도 모르는 사이 노세 씨한테 끌리게 된 것은 대체 어떤 계기가 있어서였을까. 나는 지금도 고마바 본관 동남쪽 구석에 있던 역사연구회의 작은 동아리방이 생각나. 그 사람은 언제나 그곳 창가 자리에 앉아 있었지. 그리고 나로서는 문제의 소재조차 알 수 없는 복잡한 사회적, 정치적 상황을 그는 조금 도전적인 말투로 명쾌하게 풀어주었어. 그리고 그것을 눈앞의 실천운동으로 연결하고, 밝고 자신만만한 웃음을 뿌리면서 정력적으로 활동했지. 나는 그런 그를 따르고 싶었어. 그래서 연구회 교재를 손에 들고 주뼛주뼛 고마바 기숙사의 역사연구회 방을 찾아가 나름대로 열심히 공부하며 그 사람과 부딪쳐간 거야. 마침내 인기

척 없는 캠퍼스 풀숲에서, 혹은 시부야의 커피숍 한구석에서 우리는 둘만의 시간을 갖게 되었어. 그리고 그럴 때 나는 언제나 더할 나위 없이 착실한 그의 학생이었어.

그러나 그것뿐이었어. 더는 바랄 수 없었어. 아니, 더 바랄 생각도 하지 못했어. 노세 씨를 내 남자로 만들 거란 생각도 하지 못했고, 게다가 나는 노세 씨의 너무 큰 영향력 아래 있어서 노세 씨를 잃는 순간까지 내가 그를 사랑하고 있다는 사실조차 깨닫지 못했어.

그러나 사노 씨가 지하 잠행 얘기를 흘렸을 때, 갑자기 상황이 확실해졌어. 노세 씨가 내 생활에서 사라진다고 생각한 순간, 한 번도 경험한 적 없는 아픔이, 비유가 아니라 실제로 엄청난 아픔이 내 가슴을 조여오더라. 그때야 나는 내가 노세 씨의 사상과 행동만을 존경하는 것이 아니란 걸 알았지. 토론하는 그의 뜨거운 몸짓을, 여유로운 밝은 웃음을, 문득 고개를 들 때 보이는 턱선의 젊디젊은 윤기를, 그리고 뺨과 목덜미에 보송보송한 아직 어린 그의 솜털을. 그러니까, 여름 아침의 산들바람, 가을 저녁 은행나무의 긴 그림자, 이른봄 새벽의 떨리는 공기처럼 그를 사랑한다는 사실을 깨달은 거야.

그렇지만 그걸 깨달았다고 내가 뭘 할 수 있었겠어. 다음날 고마바 기숙사로 노세 씨를 찾아갔지만, 그저 "어제는 왜 안 왔어요⋯⋯" 하는 말밖에 못했지. 그리고 노세 씨는 "갑자기 볼일이 생겨서……"라고밖에 대답해주지 않았고. 그뒤로 일주일도 지나지 않아 노세 씨는 내 앞에서 사라졌어.

정말 고통스럽고 공허한 날들이었어. 상실감이란 것이 그렇게 잔인하다는 걸 처음 알았어. 그렇지만 행복한 날들이었던 것 같아.

노세 씨를 내 남자로 만들 수 있다고 생각한 건 아냐. 노세 씨에 대한 사랑을 깨닫기 전보다 내게서 더욱 먼 사람, 내가 닿을 수 없는 사람으로 느껴졌어. 그러면서도 행복했어.

내가 그 무렵 어떻게 하루하루를 보냈는지 아무리 떠올려보려 해도 무엇 하나 구체적으로 생각나는 게 없네. 정말 신기할 정도야. 역사연구회에 꾸준히 나갔던 거나 지역 학생 동아리의 운영위원을 맡았던 기억을 떠올려도 그건 추상적이어서 아무런 실감도 나지 않아. 다만 막연하게 뜨겁고 행복했던 기억만 추상적 사실과는 무관하게 되살아나.

그 시절의 나는 그런 실제 사실과 그 뜨거운 기분이 분명히 같은 것이라고 믿고 있었어. 그 당시 학생 동아리에서는 미래를 향해 날갯짓하는 애정이니 하는 말을 사용하는 분위기가 있었지. 아마 나는 쑥스러워서 의식적으로는 그렇게 생각하지 않았을 테지만, 무의식중에 은근히 그런 표현에 자신을 견주어보거나, 혹은 그쪽으로 다가가려고 노력했을 거야.

그런 생활 속에서 해가 바뀌고, 봄이 오고, 이윽고 그해 여름이 왔어.

괴로웠던 그해 여름날 정경은 지금도 눈에 선해. 그 여름에 열린 일본 공산당 제6회 전국협의회, 이른바 '육전협'에서 명확해진 당 중앙 집행위원회에 의한 좌익 모험주의 비판과 군사 방침 포기가 학생 당원과 그 주변 학생들에게 준 충격이 어떤 것이었는지…… 그것은 사노 씨의 소식을 알려준 A씨의 편지에도, 또 사노 씨의 유서에도 있었지만, 그러나 어떻게 설명해도 그 여름의 한 시기를 다른 사람에게 전달하는 것은 불가능하다는 생각이 들어. 그건 충격이라는 말로 끝날 성격이 아니었어.

나는 육전협의 내용을 알리는 적기赤旗를 들고 대여섯 명의 사람들과 역사연구회 방에서 몇 시간이나 침묵하며 보낸 그 뜨거웠던 여름 오후를 잊을 수가 없어. 그것이 단순히 화염병 투쟁의 과오라든가, 어제까지 당의 파괴자라는 소리를 듣던 사람이 그렇게 비판한 사람과 다시 같은 단상에 나란히 서야 했던 것이라면 일은 훨씬 간단했어. 문제는 인간 집단인 이상, 당연히 그런 오류며 증오며 권력욕이며, 그 밖에 인간에게 부수적으로 따르는 모든 것이 개입될 가능성이 있는 당에 대해서, 인민의 당은 실수가 없다, 인민의 지혜를 모은 당의 판단은 개개인의 판단을 넘어 항상 옳다고 믿었던, 혹은 믿으려고 한 우리의 태도에 있었던 거야.

역사연구회에 있었던 학생 당원들이 생각나네. 언제였더라. 무엇이 문제가 된 건지 한 여학생이 귀여운 목소리로 "당이 그런 짓을 할 리가 없어……" 하고 말했어. 또 당 경력 사 년 차인 어느 베테랑 학생이 "당이 그런 짓을 하겠냐……"라고 말한 적도 있어. 우리는 그럴 때, 그렇게 말하지 못하는 자신에게 찜찜함을 느꼈던 것 같아. 마음속에서 생기는 반발심을 자신의 소시민성 탓이 아닐까 하고 억누르려고 했지.

따라서 그해 여름, 당에는 과오가 없다는 믿음이 우리 앞에서 무너져갔을 때, 우리 속에서 동시에 무너져간 것은 당에 대한 신뢰라기보다 굳이 이성을 억누르면서까지 당을 믿으려고 한 우리의 자아였어.

아니, 자아가 무너졌다고 하는 표현은 너무 우아하네. 역사의 법칙성이라든가 사고의 계급성이라든가 하는 언뜻 진실 같은 조잡한 이론보다는, 그런 이름을 빌린 거창한 이론에 위협당해 눈앞에 존재하는 사실을 건전한 이해와 이성으로 판단하기를 포기한 우리에게 자아라는 것이 있기나 했을까. 그때 우리에게 들이밀어진 것은 자아가 부재한다는 것, 우리는 공허함 그 자체라는 것이었어. 충격을 받으려 해도 충격을 받을 자아가 소멸해버린 거야. 우리는 육전협의 결정을 어떻게 받아들일지는 하나도 생각하지 못한 채, 그저 막연한 괴로움에 싸여 그해 여름을 보냈지.

그렇게 여름은 지나갔고 대학을 떠났던 사람들도 하나둘씩 돌아왔어. 그와 함께 혼란 속에서 생겨난 다양한 소문도 전해졌지. 차마 들을 수 없는 소문도 있었어. 어느 여성 당원이 동지였던 몇 명의 남성 당원에게 불량배한테 당하듯이 겁탈당했다는 소문도 들었어.

이윽고 9월이 되고, 가을 학기가 시작됐을 무렵, 나는 친구에게 고마바 캠퍼스에서 노세 씨를 봤다는 얘길 들었어. 그 말을 듣고 나는 내 가슴이 고동치는 것을 느꼈어.

그 답답하고 괴로운 여름 동안 하루도 노세 씨 생각을 하지 않은 날이 없었어. 그것은 마냥 존경하던 예전 같은 기분은 아니었지만, 그만큼 내 마음속에 깊이 들어와 있었거든. 무엇을 판단할 근거조차 잃은 그 우울한 여름을 간신히 버틸 수 있었던 것은 다시 노세 씨를 만날 수 있다는 믿음이 있어서였을 거야. 여름이 무르익고 가을이 다가올수록 점점 대학을 떠났던 사람들이 돌아오는데, 오로지 노세 씨에게서는 연락은커녕 엽서 한 장 없어 점점 불안과 초조한 마음을 억누를 수 없게 되었을 때, 친구에게 그 얘기를 들은 거야. 나는 드디어 그 사람이 돌아왔구나 생각했지.

하지만 그러고 일주일이 지나도, 열흘이 지나도, 노세 씨에게서는 아무런 연락도 없었어. 나는 내가 노세 씨한테 연락을 요구할 수 있다고는 생각하지 않았어. 그러나 노세 씨가 도쿄에 돌아와 있으면서 내게 아무런 연락도 하지 않는다는 사실은 믿을 수 없었어. 돌아오기만 한다면 바로 연락을 줄 거라고 지극히 자연스럽게 믿고 있었거든. 친구에게 그 이야기를 듣고 정확히 이 주째였던 토요일, 나는 참을 수 없어서 고마바 기숙사의 역사연구회 방을 찾아갔어.

늦더위가 극심한 날이었지. 내가 실내화로 갈아 신고 기숙사의 어둡고 좁은 계단을 올라가려고 할 때였어. 문득 위를 올려다보니 뜻밖에 노세 씨가 거기 있는 거야. 노세 씨는 계단을 두세 칸 내려오다 나를 발견하고, 숨을 삼키듯 우뚝 서버리더라.

시부야의 커피숍에서 마주앉아 몇 시간 동안 우리는 무슨 얘기를 나누었을까.

"너를 만나는 게 두려웠어."

노세 씨는 그렇게 말했어.

"그 시절의 나는 무엇이었을까. 지금의 나는 네가 질문을 해도 하나도 모르겠어. 이번의 당 결정이 어떤 의미를 갖고 있는지, 왜 당이 잘못됐는지, 앞으로 어떻게 하면 좋은지 무엇 하나 확신을 갖고 말할 수 있는 게 없어. 게다가 요즘은 그런 걸 내가 알 필요가 있을까 하는 생각이 들어. 그런 것은 나하고 관계없을지도 몰라······ 나는 그런 복잡한 문제를 알고 있었던 적이 한 번도 없어."

"그럴 리가 없어요."

나는 열심히 옛날의 노세 씨를 찾으려고 했지.

"당신은 내가 묻는 건 무엇이든 답해주었어요. 당신은 그걸 언제든 직접 생각해서 대답해주었잖아요."

노세 씨는 시선을 피해 고개를 숙였어. 그리고 부정하듯이 천천히 고개를 저었어.

"그렇지 않아. 그때 나는 아무것도 몰랐어. 그저 모두가 하는 말을 그대로 따라 했을 뿐이야. 나만 모른다고 말할 수는 없잖아."

어두운 커피숍 안에 갑자기 트럼펫 소리가 울리고, 하얀 와이셔츠 차림의 학생 몇 명이 와자지껄 떠들며 우리 옆을 지나갔어.

아마 그때 나는 처음으로 노세 씨를 이해했을 거야. 노세 씨가 스무 살 청년이라는 것, 어떤 때는 자신의 득실을 잊고 전력을 다해 학생운동에 매진할 수도 있으며, 또 때에 따라서는 여성 당원을 능욕한 그 학생 당원처럼도 될 수 있는 스무 살의 청년이라는 것, 내가 열아홉 살 아이라는 사실과 마찬가지로 그가 스무 살 청년이란 걸 이해했어. 나는 고개를 숙여 시선을 피했지.

얼마 후 음악은 느릿하고 고풍스러운 곡으로 바뀌었어. 그리고 그 속에 마주앉아 있으면서 나는 내 속에서 노세 씨에 대한 마음이 식어가는 것을 쓸쓸히 느꼈어.

그건 여자답지 못한 심경의 변화였을지도 몰라. 하지만 나는 노세 씨를 비난할 마음은 없었어. 아니, 그때만큼 노세 씨가 친근하게 느껴진 적이 없었어. 아마 그때 처음으로 나는 그 사람을 연인으로 사랑할 수 있게 된 것 같아. 다만 그러면서 왠지 그 사람에 대한 마음은 빠르게 식어갔어. 슬픈 일이었어. 그건 그 사람에 대한 내 마음이 그런 성질의 것이었다고밖에 설명할 도리가 없을 거야.

그후 노세 씨가 편지를 보내는 일은 없었어. 나도 쓰지 않았고. 나는 그때까지 참가했던 학교 안팎의 모든 활동을 그만두고, 예쁘게 다듬어진 여자대학교의 캠퍼스에 틀어박혀 지냈지. 그곳에는 그 무렵의 고마바 캠퍼스가 갖고 있던 일종의 황량함, 산만함, 소란스러움, 무질서함 같은 것 대신 잘 지켜진 평온한 생활이 있었어. 정문을 들어서면 질서정연하고 균형 잡힌 프랑스풍 정원이 펼쳐지고, 그 주위에는 종이 달린 누각이 있는 견고한 본관이 마치 외계로부터 정원을 보호하듯이 서 있었지. 나는 그 안에서 남은 학교생활을 보냈어.

마침내 졸업할 때가 되었어. 졸업 논문도 마무리하고 이제 두세 과목 시험만 남은 한가한 1월의 어느 날, 엄마가 당신하고 결혼할 마음이 있느냐고 물으시더라. 그리고 그해 4월 우린 약혼했지.

그렇게 출발한 우리의 약혼에 서로 일종의 체념과 그것을 인정한 공모가 있었다는 걸 부정할 생각은 없어. 나도 그때 어째서 다른 사람이 아닌 당신에게 내 일생을 맡기려고 했는지 잘 모르겠어. 그건 일종의 안심 때문이었을지도 몰라. 당신하고라면 서로 공모할 수 있을 것 같다는……

하지만 새로운 상황은 언제나 전혀 예기치 못한 일을 초래하더라고. 미리 생각해두었던 처세술 따위도 그리 도움이 되지 않더라. 약혼의 의미도 어느새 내 속에서 변해갔어. 당신이라고 변하지 않았을까. 변했겠지. 이 년이라는 세월 동안 좋든 싫든 변하지 않을 수 없었을 거야…… 그래, 난 그렇게 생각해.

당신은 언젠가 남자와 여자가 함께 있다는 것은 그것만으로 충분히 좋은 일이라고 말한 적 있지. 당신과 약혼한 기간 동안 얼마나 절실히 그 사실을 깨달았는지. 우리가 약혼한 그 봄날 기억해? 가까이에 남자의 몸을 느끼면서 하루하루를 살아가는 건 내게 첫 경험이었어. 따스한 봄바람이 뺨을 간질이며 지나갈 때 당신 옆에서 나는 얼마나 행복했는지. 우리가 어떻게 약혼을 했건 그 시절의 우리는 더할 나위 없이 충실했었어.

5월 초의 어느 포근한 날, 우리는 고이시가와 식물원을 산책했었지. 주말이었고 사람도 별로 없는 식물원에서 화단의 꽃도 보고 햇볕도 쬐면서 한가로이 걸어다녔잖아. 그리고 기억해? 당당하게 솟은 거대한 나무들. 몇백 년이나 살아왔고, 올해도 역시 푸르른 잎을 무성하게 달고 있는 그 거대한 나무 아래를 당신에게 기대어 걷다가, 어느 한 그루 아래에 멈춰 서서 눈을 감았지. 당신에게 안겨서 고개를 들었을 때, 감은 눈두덩 위 나무 사이로 쏟아지는 햇살이 초록빛으로 춤을 추었어. 그러나 그것은 이내 당신의 그림자에 가려지고, 열로 마른 내 입술에 당신의 촉촉하고 따스하고 부드러운 입술이 포개졌지.

얼마나 달콤한 추억인지. 당신은 그럴 때 정말로 다정해. 그날 돌아오는 길에, 그리고 그다음에, 우리가 당신 하숙집에서 사랑을 나누게 되었을 때, 당신은 절대 나를 두렵게 하지 않았어. 당신은 언제나 부드럽고 정확했어. 그 부드러운 정확함 속에서 나는 조금씩 당신에게 나를 열어갔지. 그리고 8월의 어느 날, 내가 완전히 당신의 것이 된 여름밤, 당신은 울먹이는 내 등에 팔을 두르고 내 벗은 어깨를 언제까지고 안아주었어.

하지만 그런 너무나 정확한 부드러움 속에서 내가 무언가 알수 없는 부족함을 느끼고 있던 것을 당신은 눈치챘을까? 당신의 부드러움 속에는 언제나 당신이 남기고 온 과거가 느껴졌어. 물론 당신에게 그런 날들이 있었던 건 알고 있었지. 그걸 시기했던건 아냐. 하지만 그래도 역시 그런 과거가 없었던 양 당신에게 사랑받고 싶었어. 처음인 것처럼 당신에게 사랑받고 싶었어. 아마여자는 아무리 사랑하는 사람의 손이라도 첫 경험을 전혀 두려움 없이 맞을 수는 없을 거야. 그런데 나는 거의 나 자신도 모르는 사이에 그 이전의 부드럽고 기분좋은 애무의 매끄러운 이어짐으로 당신에게 나를 준 것 같아. 그것은 여자로 태어나 거의 얻기힘든 행복이었을 거야. 그러나 내가 바랐던 것은 그런 행복이 아니었어. 설령 공포와 고통 속에 첫 경험을 한다 해도 좋아. 그래도 좋으니 당신이 당신 앞에 있는 나에게 빠져주길 바랐어. 내가격렬한 고통의 비명을 지르게 해주길 바랐어. 그랬더라면 나는정말 사랑스러운 마음으로 당신을 안을 수 있었을 텐데.

그러나 그러지 않았지. 그리고 그뒤 나는 당신에게 안겨서 조용히 누워 있을 뿐이었어. 마음은 평온함으로 가득했지만, 그 평화 속에는 눈에도 보이지 않고 피부로도 느낄 수 없는 안개처럼희미한 초조함이 떠도는 것 같았어. 아니, 희미하게 떠도는 그런초조함과 당신 품속에서 내가 느낀 평화는 거의 같은 것이었어.

그리고 나는 그 평화 속에서 뭔지 모를 부족함 말고는 느끼지 못하고 살아갔지.

가을이 오고 가고, 겨울이 오고 가고, 또 봄이 찾아오고 우리 사이도 슬슬 1년이 됐네. 그동안 나 행복했어. 회사에서도, 집에서도 이따금 불쑥 당신 손의 감촉이 내 몸에 되살아나 뺨이 화끈거렸어. 매주 토요일 당신의 하숙집으로 걸음을 서두를 때, 나도 모르게 기대로 가슴이 두근거리는 것을 느끼고 또 얼굴이 붉어졌지. 해방된 감성의 기쁨이라고 하기에는 너무 어린 것이었어. 그건 아마 그런 감각을 통해 내가 당신과 맺어졌다는 기쁨이었을 거야. 정신적인 기쁨이자, 여자로서 내 몸의 기쁨이었어.

그런 행복한 날이 계속되는데 어째서 그렇게 무거운 피로가 내 안에 가라앉고 있었을까? 그것은 나도 모르게 찾아와 있었어. 봄도 다 끝나가던 5월 말 어느 날 밤, 당신 방의 이불 속에 나른한 몸으로 누워 이제 일어나 옷을 입어야지 생각하고 있을 때였어. 그런 시간 뒤에 속옷을 입는 행위는 아무리 시간이 지나도 쑥스러워. 불은 꺼져 있었지만, 밖에서 들어오는 빛에 방안은 부옇게 밝았거든. 나는 먼저 일어난 당신에게 창 쪽으로 돌아서 있으라고 하고, 천천히 일어나 거기 있는 속옷을 손에 들었지. 그리고 그걸 입다가 문득 신경이 쓰여 뒤를 돌아보았어. 당신은 창을 열고 밖을 보면서 담배를 피우고 있더라. 늦은 봄밤의 나른하고 따뜻한 공기가 방안으로 쏟아져들어와, 한쪽 구석으로 걷어놓은 커튼이 희미하게 흔들렸지. 2층 창가에 선 당신의 얼굴에 아래에서 비스듬히 들어오는 가로등 불빛이 비치고 있었어. 빛 그림자 탓일까, 반쯤 열린 유리창에 먼산을 보는 당신의 옆얼굴이 뜻밖에 또렷하게 비치는 거야. 아주 차가우면서도 쓸쓸한 시선으로 끝없는 저 너머를 보는 듯한 옆얼굴이었어. 그걸 보았을 때, 나는 문득 내 속의 피로를 느꼈어. 아, 피곤하다. 한번 그렇게 생각하니 그 피로감이 갑자기 무거워져 온몸에 가라앉는 것 같았어. 속옷을 챙겨 입는 것조차 귀찮은 기분이 들더라고. 간신히 옷을 다 입고 돌아보니, 당신은 아직 담배를 피우면서 먼 곳을 바라보고 있었어.

그런 피로는 그후 줄곧 나를 떠나지 않았어. 당신 품속에 나를 맡기고 녹아드는 듯한 안도감 속으로 빠져들 때도 역시 내 몸속 어딘가에 무겁게 가라앉아 있는 거야. 아무리 깊은 잠도 그것을 달래주지 못했어. 되레 그것은 잠 속까지 들어왔고 잠에서 깬 뒤에도 내 몸에는 피로감이 무겁게 남았어.

그런 피로감 속에서 당신과의 관계에 의문을 느끼게 된 것은 언제부터였을까. 처음에는 지극히 막연하게 이래도 괜찮은 건가, 하는 의문이 들었어. 그런데 그것이 당신 방에서 본 한 권의 책을 계기로 갑자기 또렷한 형태가 되기 시작한 거야.

그 H전집의 한 권에 찍힌 장서인이 왜 그토록 마음에 걸렸는지, 그리고 그것이 사노 씨의 장서인이란 걸 안 뒤, 사노 씨의 소식에 왜 그렇게 연연했는지, 지금은 내가 생각해도 이상해. 그렇지만 그날 밤, 돌아오는 길에 무심히 그 한 권의 책을 집어든 행위는 숙명이었어…… 우연으로 보이는 무수한 일이 포개져서 그 행위가 일어났다 하더라도, 그 행위는 반드시 일어날 일이었다는 의미에서 숙명이었어. 또 일단 그 행위가 일어난 뒤에는 거의 내 의지와 관계없이 모든 일이 제 갈 길을 찾아가기 시작했다는 의미에서도 그것은 숙명이었어…… 그래, 나는 그렇게 생각해.

사노 씨의 유서가 내 손에 전해진 날 밤, 내가 그 유서를 펼쳤을 때, 그 속에서 '죽음이 눈앞에 다가왔을 때 무엇을 떠올릴까' 하는 의문이 못처럼 내 가슴에 콕 박혔어. 마치 내게 던지는 질문 같더라. 그리고 그 대답을 찾았을 때, 나는 내가 그런 무서운 질문에 아무런 대답도 갖고 있지 않다는 것, 갖고 있을 리 없다는 사실을 알았어. 그리고 동시에 나는 내게서 떠나지 않는 피로감의 의미를 깨달았어. 우리 사이, 우리의 생활은 무無에 지나지 않는다, 날마다 그곳에 존재하는 것처럼 보이는 우리의 생은 각자 다른 사실과 현상이 우연히 연속해서 일어나는 데 지나지 않는다, 그 무의미함 속에 나는 지쳐버렸다, 내 생은 마른 모래처럼 손가락 사이로 흘러내리기만 하고 있으니 죽음에 임박해서 움켜쥐려는 손에 뭔가 남아 있을 리 없다…… 그 한 가지의 물음으로 나는 모든 것을 깨달은 거야.

그걸 깨달았을 때, 내가 무엇을 해야 했을까. 포기는 하지 않았어. 어떻게든 해야 한다. 이대로라면 우리는 언젠가 내일이 오는 걸 바라지 않게 될 정도로 지칠 게 분명하다. 그래, 나는 그렇게 생각하며 노력했어. 아니, 노력했다고 생각하고 싶어. 하지만 돌이켜 생각해보면 하루하루 또렷해지는 사태를 앞에 두고 그저 어떻게 해야 좋을지 몰라 당황하는 것밖에 아무것도 한 게 없더라고. 아니, 내가 무엇을 더 할 수 있었겠어.

당신에게 얘기하는 것. 무엇보다 먼저 해야 할 일은 그것밖에 없었지. 그건 나도 알고 있었어. 그러나 두려웠어. 만약 내가 거기에 대해 언급해서 우리 사이에 감춰져 있던 것이 전부 드러나고, 그리하여 우리의 약혼 자체가 파기된다면…… 아니, 그래도 좋다는 생각은 절대 할 수 없어. 그건 너무 무서워. 당신을 잃는 것은 견딜 수 없어. 만약 우리의 약혼 자체를 파기하게 된다면 무엇 때문에 그런 결과를 낳는 일에 한 걸음 내딛으려고 하겠어. 내가 뭔가를 한다면 그건 단지 우리의 약혼을, 미래를 지키기 위해서야. 단지 그것뿐이야.

그런데 내가 그런 딜레마 속에서 괴로워하고 있는 걸 당신은 혹시 눈치채지 못했어? 아니, 그럴 리 없어. 당신이 그런 마음의 변화를 놓칠 사람이 아니란 것은 누구보다 내가 잘 알아. 당신은 그것 때문에 가슴 아파하며 나를 위로하려고 해주었어. 다만 당신은 이렇게 하겠다, 하고 스스로 정한 생활 태도만은 절대 바꾸려고 하지 않았지. 당신은 성실했어. 당신 앞에 있던 내가 바랐던 것은 그런 성실함보다 비록 거짓이어도 좋으니 내 쪽으로 한 걸음 더 다가오려고 하는 당신의 미소였는데.

아니야. 그 시절 얘기를 지금 새삼스럽게 해서 무슨 의미가 있겠어. 그런 일은 모두 당신이 잘 알고 있을 거야. 당신을 만나도, 만나서 어떻게 해야 좋을지 몰라 두 번이나 약속을 거절한 뒤, 여전히 모르는 채 당신에게 갔던 그 12월 초의 어느 날 밤만 해도…… 그날 밤 나는 망설이던 끝에 아무런 결심도 하지 못한 채, 결국 우리 사이의 위태로움을 노골적으로 말했지. 내가 그런 말을 할 때 어떤 바람과 어떤 두려움을 갖고 있었는지…… 당신이 그걸 모르진 않았을 거라 생각해. 그 하얗게 빛나는 여름 바다의 풍경을 얘기하면서도 당신은 내 마음의 고통을 자기 마음의 고통처럼 느꼈을 게 분명해. 그래도 나는 한 가지, 딱 한 가지 당신한테 묻고 싶어. 그런 당신의 성실함에 무슨 의미가 있었느냐고.

사람에게 과거는 더할 나위 없이 소중한 것이야. 그걸 부정한다는 건 그 안에서 태어나 자란 현재의 자신을 모두 부정하는 거라 생각해. 하지만 사람에게는 그럼에도 과거를 부정하지 않으면 안 될 때가 있어. 그러지 않으면 미래를 잃어버릴 수 있다는 생각은 해본 적 없어?

설령 우리 약혼의 출발점에 체념이 있었다 해도, 그리고 그것이 당신의 과거의 날들, 내 과거의 날들에서 가장 자연스러운, 아니 가장 필연적인 결과였다 해도 어째서 우리는 거기에 집착해야 했을까. 아무리 인간이 과거를 완전히 털어낼 수는 없다 해도, 앞으로의 삶을 과거의 규제에 따라서가 아니라, 과거의 부정 위에 새롭게 만들려고 시도하는 건 어째서 안 되는 걸까. 아니, 사람은 자신을 그렇게 변화시킬 수 있다고 믿음으로써 내일이라는 날에, 무엇을 초래할지 알 수 없는 내일이란 날에, 희망과 살아갈 용기를 기대할 수 있는 게 아닐까? 그러지 않고서야 어떻게 이 실수와 함정으로 가득한 삶을 딛고 일어설 수 있겠어.

우리가 아직 학교도 다니지 않던 꼬맹이 시절, 내가 엄마를 따라 당신 시골집에 곧잘 놀러가서 자고 오던 일 기억나는지…… 정말 옛날 일이네. 기차에 흔들리며 한참 가야 하는 먼 곳에 있는 아주 큰 집이었지. 그곳에서 당신의 아버지는 언제나 하얀 가운을 입고 반짝반짝 빛나는 청진기를 가슴에 걸고 진찰실 회전의자에 앉아 계셨잖아. 우리는 무서운 진료실 반대편 시냇물 소리가 들리는 골방에서 놀았지. 그리고 둘이서 곧잘 누가 나무토막을 더 높이 쌓나 경쟁했었잖아. 생각나지? 우리는 결코 해가 지지 않을 것 같은 긴긴 여름 오후에 도쿄역에 있는 마루빌딩보다 높네, 미쓰코시백화점보다 높네 하고 서로 우기다, 나중에는 엠파이어 스테이트빌딩이네, 에펠탑이네 하고 얼핏 주워들은 이름까지 꺼내며 머나먼 이국의 풍경을 꿈꾸면서 한마음으로 나무토막을 쌓아올리며 경쟁하곤 했잖아.

그런 놀이를 하던 어느 날, 나무토막 쌓기 놀이 때문에 당신이 나를 울린 적 있었던 것 기억해? 그날, 그 놀이에 도가 튼 우리는 둘 다 거의 자기 키에 가까운 높이까지 쌓아올리며 경쟁했었지. 그러고도 우리는 그 위에 더 높이 쌓으려고 열심이었어.

하지만 솔직히 말하면 그때 나한테는 어느 쪽이 높이 쌓고, 어디까지 쌓고 하는 건 별로 상관없는 일이었어. 적어도 가장 중요한 일은 아니었어. 어린 나는 당신과 함께 놀 수만 있다면 나무토막을 높이 쌓아올리는 것도 재미있었고, 그것이 눈 깜짝할 사이에 무너지는 것도 가슴 설렐 정도로 즐거웠거든. 평소 도쿄의 집에서는 친한 친구도 없고, 나이가 비슷한 형제도 없어서 늘 외톨이였던 내게는 한 살 차이인 당신과 놀 수 있는 것이 무엇보다 즐거웠던 거야. 나는 나무토막을 한 개 올렸다고 뽐내고, 나무토막이 휘청거리며 흔들린다고 소리지르며 기뻐했지.

마지막 한 개를 간신히 올려놓자 기껏 쌓아올린 내 탑이 와르르 무너져버렸어. 들떠 있던 나는 엉겁결에 "지진이다!" 소리지르고 손뼉 치며 난리법석을 떨었지.

"이 바보야!"

당신은 별안간 그렇게 말하고는 엄청나게 무서운 눈으로 나를 노려보았어.

나는 깜짝 놀랐어. 왜 화를 내는지 몰랐던 거야. 둘이 이렇게 즐겁게 놀고 있는데 갑자기 화를 낼 이유가 아무것도 없잖아. 그런데 당신은 정말로 심각하게 화를 내며 나를 노려보았어.

당신은 어안이 벙벙해 있는 내게 한번 더 "조용히 좀 해. 내 것까지 무너지잖아" 하더니, 높이 솟아 있는 당신 탑 쪽으로 돌아섰어.

나는 내가 법석을 떨어서 당신의 탑이 무너질 뻔했고, 그래서 당신이 화가 났다는 것을 곧바로 이해하진 못했어. 만약 당신 탑도 쓰러지면 둘이서 "대지진이다, 대지진이다!" 하고 같이 소리지르면 재미있겠다고 생각했거든. 그런데 당신은 그런 내게 등을 돌리고 나무토막 하나를 손에 들더니 이미 한참 높아진 나무토막 탑 위에 그걸 살짝, 정말로 살짝 아주 긴장한 모습으로 올리려고 애썼지. 함께 놀고 있는 나를 까맣게 잊어버리고서 말이야. 당신은 일단 나무토막 쌓기를 시작하면 자신이 얼마만큼 높이 쌓을 수 있을지, 오로지 그 생각에만 몰두해서 애초에 나와 함께 놀고 있다는 가장 중요한 사실 따위 생각하려고도 하지 않았어. 나는 그 사실을 깨닫고 나니 괜스레 슬퍼져서 나도 모르게 와앙 하고 울음을 터뜨렸지. 그리고 "지진이란 말이야! 지진이야!" 울먹이며 소리치면서 온몸으로 부딪쳐 당신의 탑을 엉망으로 망가뜨려버렸어.

12월 초의 그날 밤 당신은 어린아이 때와 똑같이 느껴졌어. 그때의 우리에게 무엇보다 소중했던 것은 우리의 생활이었어. 그 속에서 무언가 의미를 찾아야 했고, 찾지 못하면 그걸 만들어내려고 노력해야 하지 않았을까? 그런데 당신은 그저 집요하게 과거의 전개를 지켜보기만 할 뿐, 절대 거기에서 새로운 길을 찾아보려고 하지 않았어. 그때 당신이 어떻게든 지키려고 한 것은 우리 두 사람의 내일이 아니라 무언가 전혀 다른 것이었던 거야. 당신은 그 무언가 불모한 것에 자신의 모든 것을 걸고 있었어. 내가 바로 옆에서 어릴 때와 똑같이 당신이 내 쪽을 봐주기를 얼마나 기다리고 있는지, 당신은 그런 건 조금도 알아주려 하지 않았어. 그날 밤, 우리는 그저 각기 다른 마음을 갖고 헤어질 수밖에 없었지. 그후 한동안 당신의 논문 때문에 만나지 못하는 날이 계속되었고.

만나지 않고 있으면 그 사람과 만날 즐거움만 생각나는 것은 어째서일까. 당신과 만나지 못하는 동안 나는 오히려 평온하고 밝게 당신과 약혼했다는 즐거움을 맛보았어. 엇갈린 심정이 우리 현실에 존재했었다는 사실도 점점 잊히고, 4월부터 둘이서 보낼 한가로운 시골생활만 상상했지. 그럴 때 내 마음은 전혀 집착 없는 순수한 마음으로 당신의 조금 차가운 부드러움을 그대로 받아들이고 있었어.

그런데 그건 길게 이어지지 않더라. 당신과 재회할 날이 다가올수록 괴로움도 다시 살아나는 거야. 그런 대화를 나눈 뒤에 당신의 확실한 벽을 알게 된 지금, 당신 앞에 어떤 마음으로 가야 좋을지, 어떤 대화를 할 수 있을지, 이번에야말로 정말 모르겠더라고. 당신 앞에 나가기 위해서는 발을 어떻게 움직여야 좋을지 그것조차 알 수 없었어. 마음으로는 가자, 하고 생각해도 발이 돌덩이처럼 무거워져서 한 걸음도 움직이지 못하겠더라. 그러면서 내가 당신을 만나지 않고는 견딜 수 없다는 것도 확실히 느꼈어.

그러나 당신의 논문이 끝난 다음날, 당신의 방에 앉아 있을 때 나는 우리에게는 아무것도 얘기할 게 없다는 사실을 깨달았어. 이를테면 내가 요코가와 가즈코 씨와 F선생 얘기를 해도, 내가 얘기하는 것과 당신이 받아들이는 건 전혀 달랐어.

그런 일은 아무것도 아냐. 우리 약혼에는 암묵적인 이해관계가 있었는걸. 내가 그걸 잊고 괜한 것에 연연하는 건 너무 웃긴 일이지…… 나는 그렇게 생각하려고 했어. 그런 건 아무래도 좋아. 모처럼 만났으니 즐겁게 놀자 생각했어.

하지만 도무지 즐겁게 놀 수가 없는 거야. 모처럼 당신과 만났는데 전혀 마음이 통하지 않는다는 사실을 견딜 수 없었어. 영화를 봐도, 식사를 해도, 마음은 점점 초조해질 뿐이었어. 그런 기분인 채 헤어지면 너무 비참할 것 같더라.

초조함에서 간신히 해방된 건 그 호텔방에서였어. 그때 내가 원했던 것은 당신의 몸이 아니라 당신 자체였어. 그러나 사람과 그 몸을 따로 분리할 방법이 있을까? 그건 슬픈 일이었어. 당신을 원하는 것은 당신의 몸을 원하는 것이었어. 나는 격렬하게 당신의 몸을 원했고, 당신은 거칠게 내 몸을 포옹했지. 우리의 숨소리는 점점 하나가 되었어. 당신이란 폭풍은 내 속에서 크고 작은 물결이 되었고, 내 속에서 넘실거리던 바닷물은 당신의 밖으로 흘러넘쳐 거품을 일으켰지. 그것은 내게 첫 경험이었어. 나는 해방되었고, 이윽고 깊은 늪에 가라앉았어.

그러나 그 늪 속에서 내 마음에 슬픔이 퍼져가는 거야. 초조함이 사라진 현재, 내 마음속에 있는 것은 몹시 허무한 해방감이었어. 거기에 환희는 없었어. 사람들은 그런 것을 관능의 환희라고 부르는 걸까. 관능은 사람들이 흔히 말하는 것처럼 정신이나 마음에서 먼 곳에 있는 걸까? 설령 관능의 환희라고 해도 환희를 환희로 느낄 수 있는 것은 오로지 마음뿐이지 않을까? 내 마음은 나 자신의 감각의 물결을 슬프다 느꼈어. 그런 포옹을 한 뒤에도 내 옆에 누워서 나를 조용히 애무하는 당신은 여전히 예전의 당신이었어. 포옹하는 동안 우리는 하나가 되어 숨을 쉬지만, 동시에 포옹하기 전과 똑같이 떨어져 있기도 하지. 내가 원했던 것은 당신인데 내가 얻은 것은 당신의 몸이었어. 내가 꼭 껴안은 것은 당신의 몸이었어. 게다가 마음은 그렇게 떨어져 있으면서 나는 당신의 애무 하나하나, 당신의 몸짓 하나하나에 거친 숨을 쉬고, 몸을 뒤틀며 반응했지. 내 위를 지나가는 당신의 태풍에 출렁이고, 흥분하고, 넘쳐나는 파도가 되었어. 그리고 내가 괴로워했던 초조감이 사라져갔어. 그건 슬픈 일이었어. 마음과는 무관한 곳에서 그런 일이 일어나고 끝난다는 것은 슬픈 일이었어. 눈물이 뺨을 타고 흘러내리더라.

나는 당신에게 알몸의 어깨를 안긴 채 어둠 속에서 내가 행복했던 날들, 노세 씨와 보낸 날을 떠올렸어. 착각으로 지탱된 날들이었지. 그러나 착각으로 지탱되었다 해도 거기에는 인생과 미래에 대한 신뢰가 있었어. 두 사람 사이에 공통된 신뢰가 있었다고. 나는 노세 씨 옆에서 기쁨에 넘쳤어. 내가 노세 씨를 볼 때, 그리고 노세 씨에게 나를 보일 때, 내가 느끼는 기쁨은 거의 관능적인 기쁨이었어. 어린 우리는 손을 잡는 일조차 없었어. 그렇지만 그의 얼굴을 보고 그의 시선을 느낄 때, 내 온몸을 채우던 떨리는 기쁨은 확실히 관능의 기쁨이었어. 그것은 그날 밤 당신의 포옹이 절대 주지 못했던 현기증나는 관능의 기쁨이었어.

그런 날들은 이제 다 지나갔어. 우리 사이에서 더는 그런 일이 일어날 수 없을 거야. 그날 밤도 우리는 그만 말없이 헤어질 수밖에 없었지. 언젠가 당신이 "머잖아 우리도 죽음에 이르게 돼"라고 한 말이 가을 태풍처럼 내 마음을 지나가더라.

당신과 헤어지고 추운 플랫폼에 서 있었어. 그때 나는 무슨 생각을 하고 있었을까. 아마 아무 생각도 하지 않았겠지. 아니면 모든 것을 생각하고 있었을지도 모르고. 이윽고 멀리서 전철이 다가오는 소리가 들렸을 때, 나는 휘청휘청 앞으로 걸어나갔어. 다가오는 전철을 향해 걷는데 그것이 나와는 전혀 무관한 세계에서 일어나고 있는 일 같았어. 그리고 갑자기 발밑이 허공에 붕 뜨더니 눈 아래의 선로와 붉은 자갈돌이 휘청거리며 다가왔어.

그건 절대 죽으려고 한 일이 아니었어. 아마 피로해서 생긴 실수였을 거야. 내 의지와는 무관한 곳에서 일어난 일이었어. 그렇지만 나중에 의식을 회복하고 병원 침대에 누워서 하루하루를 보내는 동안, 당연히 일어나야 할 일이 일어난 거란 걸 확실히 느끼게 됐어. 작년 가을 그런 날들이 있은 뒤, 그리고 어느 날의 그런 슬픔 뒤에 당신과 결혼할 날이 가까워지는데, 그 결혼생활에서 나는 어떻게 살아가야 좋은 걸까. 그때 나는 알았어. 비틀비틀 걷기 시작한 내 몸은 이미 어떻게 살아가야 할지 모르는 내 마음과 깊은 곳에서 연결되어 있다는 것을.

그리고 그걸 깨달았을 때, 내 마음에는 생각지 못한 바람이 생겼어. 살아보고 싶다, 살아가는 기쁨까지는 바라지 않겠다, 적어도 잘살았다고 말할 수 있는 날들을 또 한번 살아볼 수 없을까, 한번 더 시험해보고 싶다…… 그런 바람이 지친 내 마음에 솟구치는 거였어.

아울러 과거에 내가 저지른 잘못을 깨닫게 됐어. 나는 내가 당신에게, 그리고 예전에는 노세 씨에게 너무 많은 것을 원했다고는 생각하지 않아. 우리 인간의 생활은 늘 아무런 의미도 없는 망막한 세상의 심연 위에 노출된 채 빛이 바래가지. 또 자칫하면 그 끝없는 깊이 속에 빠져들기도 하고. 아니, 그런 망막함 속에 표류하는 것이야말로 인간의 생활일지도 몰라. 그럼에도 내 생활은 의미 없는 일이 연속으로 일어나는 데 지나지 않는다는 사실을 견딜 수가 없었어. 언제나 상대와 뭔가를 공유하고 싶다, 두 사람

의 생활 속에 뭔가 공통된 의미를 갖고 싶다고 바란 것도 망막한
세상에 확실한 못을 박고 싶은, 그것을 한 개 한 개 박음으로써
단조로운 시간의 흐름이 아닌 역사라고 부를 만한 것을 만들고
싶기 때문이었어. 그럼으로써 우리는 비로소 우리 주위에 펼쳐진
이 무한한 공간, 마침내 우리를 죽음 속으로 사라지게 할 이 무한
한 시간을 견딜 수 있을지도 모른다고 느꼈어. 어려운 일일지도
모르지만, 추구하지 않고 지나칠 수는 없는 일이야.

그러나 생각해보면 두 사람의 생활에 어떤 공통된 의미가 존재
하려면 마주보는 두 사람 중 한 명이 자신의 생활에서 무엇인가
를 이미 가지고 있어야 가능하겠지. 그리고 또 만약에 두 사람이
각자의 생활에서 이미 각각의 무엇인가를 가지고 있다면, 그 두
사람이 공유하는 것에서 생성될 무엇은 처음에 두 사람이 각기
갖고 있던 무엇과는 질적으로 다른 새로운 것일 테지. 그러나 나
는 당신이 갖고 있는 것과 결합시킬 무엇인가를 갖고 있었을까?
그리고 내가 당신과의 사이에 바랐던 것은 당신이 가진 무엇에
내가 가진 무엇을 결합시킴으로써 생성될 새로운 무엇이었을까?
지금 당신과의 생활을, 또 노세 씨와의 오래된 기억을 새삼 돌이
켜보면 그건 그렇지 않았어…… 나는 아무것도 가진 것이 없어.
아니, 가지려고 한 적도 없고 그저 당신 속에서만 무언가를 찾아
그걸 그대로 우리 두 사람의 것으로 공유하기를 바라고 있었어.
당신이 가진 그 무엇에 몸을 맡기고, 거기에 나 자신을 지탱하고

자 하는 나태한 바람을 가졌던 것뿐이었다는 걸 분명히 알게 됐어. 그래, 당신이 나와 보낸 이 년 동안 무엇 하나 바뀐 게 없었다면, 우리의 약혼에 아무런 의미를 찾으려고 하지 않았다면, 그건 그저 당신 앞에 있던 나라는 사람이 '무無'였다는 것을 얘기하는 걸 거야. 무였던 나와의 사이에 당신이 아무런 역사를 가질 수 없는 것도 지극히 당연한 일이겠지. 당신도 나와 이 년이란 세월을 보내는 동안 달라지지 않았을 리 없고…… 내가 그렇게 믿고 싶다고 이 편지의 앞부분에 쓴 것도, 반대로 나 자신이 '무'여서 당신을 바꿀 계기가 되지 못한 것을 이미 그때는 또렷이 깨닫고 있었다는 증거이지 않을까.

후미오 씨, 나는 이렇게 당신을 떠날 결심을 했어. 침대에 누워 있는 내 마음속에 그런 결심이 점점 굳어졌을 때, 당신은 그 옆에 앉아 다가오는 우리의 결혼과 우리 두 사람이 함께 보낼 날들에 대한 얘기만 계속 했지. 나는 괴로운 심정으로 듣고 있었어. 하지만 우리가 언젠가 정말로 다시 만난다면, 그때를 위해서라도 우리는 헤어져야 해. 난 그걸 깨달았어.

나는 퇴원하고 바로, 아직은 불편한 몸으로 교수님을 찾아갔어. 지금까지 하던 일이 아니라 나를 위한 일을 갖고 싶어서.

쉽지 않더라. 그치만 다행히 도호쿠의 어느 작은 마을 기독교 학교에서 영어 교사를 구하고 있었어. 갓 졸업하는 사람이라면 누구도 희망하지 않는 시골 마을이야. 그곳에서 선생 일을 하는 것은 도쿄에서 자란 내 상상이나, 나를 위한 일을 갖고 싶다는 희망과는 전혀 동떨어진 것일지도 몰라. 그렇지만 그곳에서는 내 영어 지식을 필요로 해. 그곳에서 나는 필요한 사람이야. 그곳에는 내 일이 있어. 나는 그곳으로 가기로 결심했어.

그곳은 공교롭게 예전에 노세 씨나 사노 씨가 산촌 공작원으로 보냈던 지방 근처일지도 몰라. 그렇게 생각하니 희미한 감동마저 드네. 하지만 그 사람들은 그곳으로 무언가를 주려고, 무언가를 불어넣으려고 갔지만 나는 그렇지 않아. 나는 무언가를 주기 위해서가 아니라 무언가를 찾기 위해 가는 거야. 내가 갖고 있는 것은 보잘것없는 영어 지식에 지나지 않아. 나는 줄 수 있는 게 없어. 그저 그곳에는 내 알량한 지식을 필요로 하는 사람들이 있어. 그리고 나는 나를 필요로 하는 사람들을 필요로 하는 거야. 나는 그 사람들에게 미천한 지식을 전달하는 일을 하면서 한번은 무너져버린 나 자신을 다시 꼿꼿하게 세워보려고 해.

성공할 가능성이 있어서 하는 게 아니야. 그곳에서 기다리는 것이 점점 타성으로 젖어드는 생활일지도 몰라. 낯선 시골생활에 도쿄만 그리워하며 보내게 될지도 몰라. 그래도 좋아. 그래도 좋으니까 한번은 시도해보고 싶어. 일로 스스로를 지탱할 수 있는지, 이것이 내 생활이란 걸 발견할 수 있는지 시도해보고 싶어.

짐은 이미 조금씩 보냈어. 가족에게는 아직 알리지 않았어. 그냥 간단한 편지만 남겨두고 떠나려고 해. 당신과의 결혼을 즐겁게 기다리고 계시는 부모님, 특히 요즘 들어 부쩍 늙은 아버지를 생각하면 도저히 말을 꺼낼 용기가 나지 않아. 부디 아버지를 잘 부탁해.

이제 이 편지를 우체통에 넣고 기차를 타는 일만 남았네. 아마 노세 씨나 사노 씨도 그곳에서 도쿄를 떠났을 거라 짐작되는 우에노역. 다양한 사람들과 다양한 인생이 오가는 대합실의 혼잡함이 생각나. 내일, 나는 그곳에서 떠나겠지.

쓰다보니 이렇게 떠나게 되기까지의 여정이 움직일 수 없는 숙명이었다는 생각이 들어. 아니, 숙명 이상의 것일지도 몰라. 나는 결코 이렇게 되기를 바라지 않았지만, 그래도 나를 여기까지 데리고 온 것은 의식의 밑바닥에 깊이 숨어 있어서 나 자신조차 몰랐던 은밀한 소망이었던 것 같아. 그것은 아직 태어나지 않은 나를 떠오르게 했던 오래된 미지의 바다의 술렁임 속에서 이미 형태를 갖추기 시작했을 거야. 그러다 드디어 내가 이 세상에서 생을 누리게 되자 나를 둘러싸고 숨쉬는 세상의 모습으로 스스로 자랐겠지. 언제부터인가 내 안에서 눈에 보이지도 않고, 의식할 수도 없는 튼튼한 뿌리가 되었을 거야. 그리고 사람의 마음속에 그렇게 자신조차 모르는 은밀한 소망이 몰래 자라고 있다면, 그것이야말로 인간의 숙명이 아닐까.

안녕, 후미오 씨. 언제 다시 만날 수 있을까 생각하니 슬픔이 나를 짓눌러. 하지만 마음이 시키는 대로 따르는 것말고 내가 무얼 할 수 있을까. 후미오 씨, 이 편지를, 나의 이별을, 나를 이해해줘. 지금이야말로 너무나 잘 알고 있어. 당신은 내 청춘이었다는 것! 아무리 괴롭고 답답한 날들이었어도 당신은 내 청춘이었어. 내가 지금 당신을 떠나는 것은 오로지 당신과 만나기 위해서야. 그렇지 않다면 왜 이런 편지를 쓰겠어.

이해해줘. 나를 이해해줄 사람은 오로지 당신뿐이야. 내 작은 어깨를 안고 젖은 눈썹을 바라봐주던 당신뿐이야. 언젠가 내가 내 생활을 찾았을 때, 그걸 알리고 싶은 사람은 오로지 당신뿐이야. 그래, 내가 그 사실을 알리고 싶어할 때, 뜻밖에 가까운 곳에 당신은 서 있을지도 몰라. 바랄 수 없는 일인지도 모르지만. 그러나 그런 일이 절대 일어나지 않을 거라고 누가 단정할 수 있을까. 그리고 만약 그런 일이 일어난다면, 그때 우리는 어떤 기쁨으로 서로를 마주볼까.

마지막 장

    하숙집 창으로 바깥을 내다보니 따스한 햇살을 받은 밭에서 아지랑이가 모락모락 피어오른다. 멀리 보이는 신사의 숲과 남쪽 비탈에 새로 생긴 주택가에 유난히 눈에 띄는 빨간 교회 탑이 부드러운 대기 속에 가물거리듯이 보인다. 봄은 점점 무르익고 이제 색이 들기 시작한 벚꽃 봉오리가 방긋이 피어났다가 하룻밤 비바람에 지고 나면, 그다음은 짙은 신록과 빛나는 햇살의 초여름으로 옮겨갈 것이다.

    오늘 아침에 조교인 미야시타와 요코가와 가즈코의 결혼 청첩장을 받았다. 3월 말에 결혼했다고 한다. 중매는 예의 F교수의 친구이자 미야시타의 지도교수인 I교수다. "……에 신혼집을 마련했습니다. 근처 오시는 길 있으면 부디 들러주시기를……" 이런 문구는 틀에 박힌 표현이면서도 자못 행복한 공기가 전해지는 것 같다.

후쿠하라 교코도 3월까지 일하고 연구실을 그만두었다. 선을 봤다고 한다. 아마 가을에는 결혼할 것이다. 그때까지 다도나 꽃꽂이, 요리 공부를 하겠지. 방학 때 내가 혹시 도쿄의 길거리에서 우연히 그녀를 보는 일이 있다면 그녀는 아마 주택가 산책길을 걸어가는, 행복해 보이는 젊은 새댁 중 한 사람이 되어 있을 것이다. 여름 저녁 무렵, 민소매 블라우스를 입은 그녀의 가늘진 않지만 예쁜 팔에는 색깔이 선명한 장바구니가 잘 어울릴 것 같다.

소네와 야마기시 노리코의 결혼은 다음주 일요일이다. 결혼식장은 이치바시의 학사 회관이라고 한다. 요전에 소네의 집에 갔을 때 마침 노리코가 와서 결혼식과 신혼여행에 관해 의논을 하고 있었다. 웨딩 케이크를 쓸까 말까 하는 얘기로 옥신각신했지만, 결국 노리코의 말대로 하객들 앞에서 두 사람이 손을 모아 케이크 자르는 모습을 보여주기로 한 것 같다. 드레스 가봉을 해야 한다고 노리코가 먼저 돌아가고 둘만 남았을 때 소네는 "결혼식이란 거 진짜 피곤하네" 하고 말했다.

"뭐, 남을 위해서, 그리고 노리코 씨를 위해서 하는 거니까."

내가 그렇게 말하자,

"그러게. 반한다는 것, 혹은 반했다고 인정하는 건 그런 게 아닐까 싶다. 그 사람이 하자는 대로 하는 건 아니지만, 나와는 다른 희망을 가진 사람과 내가 서로 관계를 맺었다는 것을 인정하는 것. 내가 그런 상태이기 때문에 그렇게 산다는 것은 결국 그 상태를 인정하는 거지."

소네는 별로 자조적이지 않고 담담하게 말했다. 그러고는 신혼 여행은 신슈 쪽으로 간다는 등의 얘기를 해주었다.

그러나 유감스럽게도 나는 소네의 결혼식에 갈 수 없다. 그날도 그 얘기를 하고 양해를 구하러 간 것이다. 오랜 친구인 소네의 결혼식에는 꼭 가고 싶었지만 이미 4월에 들어섰다. 늦어도 내일 모레까지는 부임지인 F현으로 떠나야 한다. 그리고 하숙집을 구하고 교과서도 정하고, 교수회에 일단 인사를 하기로 되어 있다.

하지만 가지 않는 것도 괜찮을 것이다. 아무리 대강의 사정을 알고 있는 소네의 결혼식이라 해도 세쓰코 없이 나 혼자 앉아 있는 것도 뻘쭘할 테니. 세쓰코는 나를 떠나 혼자 지방으로 갔다. 나도 곧 이곳을 떠나야 한다.

세쓰코는 내게서 떠났다. 내가 만약 세쓰코를 괴롭혔다면 용서받고 싶다. 그것이 내가 할 수 있는 전부라고 생각한다. 다만 사과하는 일은 없을 것이다. 지금의 세쓰코에게 내가 사과한다면 그건 교만일 테니.

세쓰코는 내가 처음으로 간절히 그녀를 필요로 할 때 내게서 떠났다. 세쓰코가 그 사고를 당한 뒤, 나는 비로소 내가 혼자서는 살 수 없다는 사실을 깨달았다. 예전에는 누구하고도 나를 결부시키지 않는, 은밀한 자유를 자랑하기까지 했던 나였는데 말이다. 나이를 먹었다고 하기에는 너무 어린 나이지만, 역시 나이를 먹은 모양이다. 우리 세대는 분명 늙기 쉬운 세대다. 늙는 방법은 다양하겠지만.

그러나 신기한 일이다. 세쓰코를 필요로 한 순간 세쓰코를 잃었다. 그런데 지금 내 마음의 이 여유로움은 무엇일까. 고마바 캠퍼스의 날들 이후, 한 번도 나를 찾은 적 없는 여유로움이다. 나는 세쓰코가 한 일이 옳았다고 느꼈다. 슬픔마저 덜해진 듯하다.

세쓰코가 마침내 찾아내는 것이 세쓰코가 바랐던 것일지 아닐지 그건 잘 모른다. 세쓰코는 착하고 순수하여 사람에 대한 배려나 자신의 마음이 바라는 것에 지나치게 신경을 쓴다. 세쓰코가 아무리 그걸 꿈꾼다 해도 세쓰코가 다시 내게로 돌아오리라고는 바랄 수 없다. 또 세쓰코의 깊은 슬픔에도 불구하고 앞으로도 역시 세쓰코의 속에서 무슨 일이 일어나고 끝날지 모른다. 앞으로의 세쓰코가 새로운 땅에서 어떤 자신을 발견할지 그것은 누구도 말할 수 없다. 그래도 세쓰코가 다시 자신을 위한 생활을 찾으려고 한 것은 옳았다. 나는 내 슬픔 속에서 명쾌하게 그렇게 느꼈다. 우리는 아마 늙기 쉬운 세대이지만, 세쓰코는 아직 자신이 늙는 것을 거부하고 있다. 어쩌면 세쓰코는 우리 세대를 탈출한 것인지도 모른다.

그렇다. 그 늦가을 어느 날, 뭔지 모를 힘에 이끌려 금방이라도 주저앉을 것 같은 헌책방 책꽂이에서 H전집의 한 권을 빼든 것이 누구였던가. 그 H전집을 빼든 하나의 행위가 마침내 우리 사이의 위태로움을 상기시켰고, 그로 인해 세쓰코와 이별하게 된 거라면 그때 저항하기 힘든 내면의 소리에 재촉받아 H전집을 손에 든 나야말로 은근히 세쓰코와 헤어지기를, 세쓰코가 새로운 출발을 하기를 바랐던 건 아니었을까.

아니, 그게 나 혼자뿐이었을까. 그때 H전집이 자아내던 분위기부터 시작해서 내게 휘감기던 그 기이한 분위기, 내게 내 의지와 무관하게 H전집을 사게 한 그 오한은, 과연 나 혼자의 것이었을까. 그것을 느낀 나의 것이자, H전집의 소유자였던 사노의 것이자, 나아가서는 동시대를 산 노세의 것이고, A의 것이고, 소네의 것이며, 나아가서는 죽은 유코와 다코, 구니에다, 다마코, 또 이름도 잊어버린 그 몇 명의 여자들의 것이지 않았을까. 우리와 같은 시대를 산 사람들 모두의 것이지 않았을까. 그것은 설령 어떤 식으로 그 시대를 보냈고, 지금 어떤 생활 속에 있다 하더라도 같은 시대에 던져지고, 진지하게 혹은 적당히, 그러나 모두 나름대로의 고통을 갖고 동시대를 산 사람들의 마음 깊숙한 바람, 혹은 원한, 시끄럽게 떠들어댄 아우성이 아니었을까. 그 바람 혹은 원한이야말로 내게 H전집을 들게 하고, 세쓰코가 자신의 세대에서 벗어나려 하는 행위를 불러일으킨 것이 아니었을까. 그리고 만약 한 사람의 행위가 자신의 의지로 결정되는 것처럼 보여도 사실은 그토록 많은 사람들의 바람, 혹은 원한을 짊어진 것이라면······

그것이 행복이든 불행이든 더는 그 행위를 거부할 수 없다.

그렇다. 내 행복과 불행은 문제가 아니다. 세쓰코의 행복이나 불행이 문제가 아니다. 사람은 살아 있다는 사실에 만족해야 한다. 사람은 자신의 세대에서 탈출하려는 시도도 할 수 있으니 말이다.

세쓰코의 그것이 성공인지 어떤지는 모른다. 세쓰코는 너무나 감성이 풍부하고 너무나 삶을 사랑한다. 성공 여부와 관계없이 나는, 아니 우리는 그런 세쓰코를 가진 것을 우리의 자랑으로 생각할 것이다.

머잖아 우리가 정말로 늙었을 때, 젊은 사람들이 물을지도 모른다. 당신의 젊은 시절은 어땠냐고. 그때 우리는 대답할 것이다. 우리 때에도 똑같은 어려움이 있었다. 물론 시대가 다르기 때문에 다른 어려움이기는 하겠지만, 어려움이 있었다는 점은 마찬가지다. 그리고 우리는 그 어려움에 익숙해지며 이렇게 늙어왔다. 하지만 우리 중에도 시대의 어려움에서 벗어나 새로운 생활로 용감하게 진출하고자 한 사람이 있었다고. 그리고 그 답을 들은 젊은이 중 누구든 옛날에도 그런 일이 있었다는데, 지금 우리도 그런 용기를 갖자고 생각한다면 거기까지 늙어간 우리의 삶도 나름대로 의미가 있다고 할 수 있을지 모른다.

짐을 부쳐 텅 빈 방안에 노을이 물들었다. 이 방에서 지내는 것도 앞으로 하루이틀이다. 그러나 그걸로 됐다. 우리는 날마다 모

든 것과 이별한다. 그럼으로써 우리의 시야는 더욱 자유로워질
것이다.

　조금 눅눅해진 것 같다. 창을 닫아야지. 도호쿠 쪽은 아마 아직
추울 것이다. 비가 오는 날이면 세쓰코의 상처 자리가 아프진 않
을지. 아프다면 따뜻하게 안아주고 싶은데……

록탈관 이야기

어이, 당신. 당신은 록탈관을 알고 있는지? 록탈관이란 라디오에 사용하는 진공관의 일종이다. 요즘에는 유리로 된 스마트한 원통형 GT관이나 도토리처럼 작은 미니어처관, 그리고 검은 칠을 한 금속관도 드물지 않다. 게다가 트랜지스터인가 뭔가 하는 것이 나오면서부터는 라디오에 진공관이 들어 있으면 왠지 어색해 보였다. 그러나 그 시절에는 진공관 하면 항아리관이었다. 마흔 넘은 사람들은 진공관이라고 하면 바로 항아리관을 떠올릴 것이다. 이른바 3극관 4구 수신기나 고주파 1단 증폭 수신기 같은 구식 라디오를 들여다보면 반드시 네 개가 나란히 늘어서 있는 그 항아리관, 백열전구 머리 부분을 잘록하게 만든 것 같은 못생긴 항아리관, 예컨대 12A나 26B, 혹은 잘하면 6C6(이것은 모두 항아리관 중에서도 다양한 진공관의 모델명이다. 요컨대 항아리관이니 미니어처관이니 하는 것은 진공관의 모양을 말하는 것이고, 12A나 6C6은 진공관의 내용물과 성능을 말하는 것이다) 같은 게 들어 있었다. 그 시절에는 진공관이라고 하면 그런 항아리관이 대부분이었다. 그런 가운데 우리는 그 록탈관을 얼마나 동경했던지! 우리의 동경이 얼마나 컸는지 제대로 전달하려면 그 록탈관의 아름다움을 어떻게 설명해야 좋을까?

록탈관이란 녀석은 참으로 야무지게 생겼다. 지름 약 3센티미터, 높이 약 6센티미터의 유리 원통 속에 검은 쇠로 가늘고 미세하게 세공했으면서도 견고한 전극이 조금의 흐트러짐도 없이 고정되어 있다. 원통 아랫부분에는 GT관처럼 검고 거창한 베이클라이트 베이스는 없고, 그저 밑면과 옆면, 그리고 그 두 면이 만나는 모서리를 보호하기 위해 조금 붉은빛을 띤 하얀 금속 베이스가 옆면의 아주 좁은 폭과 밑면을 감싸고 있다. 그리고 베이스의 밑면에 완전히 둥근 고리 모양의 작은 구멍 여덟 개가 있고, 그 각각의 중앙에는 유리면을 바로 뚫고 나온 짧고 단단한 구리 다리가 여덟 개 있다. 구리 다리는 전극에 전기를 전하는 역할을 한다. 그 다리들의 뿌리 부분에는 그것을 지탱하는 단단한 유리로 된 도톰하고 작은 산이 금속 구멍에 딱 맞게 솟아 있다. 그 다리 하나를 조금 무리해서 비틀면 다리가 부러지기 전에 그것을 지탱하는 두껍고 단단한 유리 밑면에 균열이 생길 것 같다.

하지만 그런 부분보다 우리가 더 매력을 느낀 것은 유리 옆면에서 윗면으로 가면서 머리 부분의 곡면이 보여주는 아름다움, 그리고 전극을 보호하는 얇은 은빛 막이 이따금 보여주는 숨막힐 듯한 반짝거림이었다. 그 시절에는 간다의 오가와초 일대부터 스다초 일대까지 라디오 부품 노점이 쭉 늘어서 있었다. 그 노점상 거리를 종일 걸어다니다 날이 슬슬 어두컴컴해질 무렵, 문득 눈앞에 노점의 알전등 아래 록탈관이 하얗게 빛나는 것을 발견하면 우리는 저절로 그 자리에 멈춰 섰다. 그 순도 높은 빛에 매료되어 알전등도, 가판대도, 미군 군복을 수선한 점퍼를 입은 노점 주인도 모두 잊어버리고, 슬며시 그쪽으로 손을 내밀어 그 빛나는 유리의 곡면을 손가락의 볼록한 곳으로 가만히 어루만져본다. 그리고 다음 순간, 어김없이 언짢아하는 노점 주인의 시선을 느끼고 얼른 손을 떼는 것이 보통이었다. 하지만 그래도 미련이 남아서 머뭇거리는 손놀림으로 한번 더 록탈관에 손을 뻗쳐, 그걸 들어보고 이를테면 "이 7F7 얼마예요?" 하는 식으로 묻는다. 주인은 "850엔" 하거나 혹은 그 언저리의 가격을 말한다. 그러나 우리는 대답을 제대로 듣지 않는다. 애초에 록탈관은 우리 같은 중학생의 용돈으로는 도저히 살 수 없는 물건이란 걸 뻔히 알고 있다. 다만 그런 체념 속에서도 가격을 묻는 이유는, 그 시절에는 간다의 진공관 가격이 마치 투기 시장처럼 일정하지 않아서였다. 게다가 항아리관 이외의 진공관은 대부분 돈이 필요한 미군이 부대에서 훔쳐내 싸게 파는 물건이어서 정해진 가격이 없는 장물이었다. 그래서 어쩌면 록탈관도 그런 게 있을지 모른다, 200엔이나 300엔짜리도 있을지 모른다는 실낱같은 희망을 품었던 것이다. 또 솔직히 말하면 그렇게 묻고 답하는 동안만이라도 좀더 록탈관을 보고 싶고 만지고 싶어 잔머리를 굴린 것이었다.

게다가 그 시절 우리의 어린 마음에는 아무리 작은 기쁨이어도 그것을 부풀리는 버릇이 있어서 록탈관을 사지 못하는 슬픔보다도 그것을 보았다는, 그것을 만졌다는 행복감이 더 크게 부풀어올랐다. 그런 일이 있는 날은 우리는 다른 노점을 기웃거리지 않았다. 그렇다고 서두르지도 않으면서 건들건들 뭔지 모를 기운에 가슴 설레며 진보초의 전차 정류장 쪽으로 걸어간다. 만원 전차를 타도 그 행복감은 사라지지 않는다. 자신의 몸이 조금 부푼 것 같은 마음에 좀처럼 잠을 이루지 못한다. 그래서 다음날, 그 행복으로 가득한 마음을 그대로 간직한 채 학교에 가면 수업 따위는 건성으로 듣게 된다. 그리고 정말로 해방의 시간이 오는 방과후까지 입다물고 있어야지 하다가, 결국 기다리지 못하고 점심시간에 물리부 동아리방으로 날아가 그곳에 모인 라디오 조립 동료에게 한마디한다.

"야, 어제 말이야, 그 군복 점퍼 입은 아저씨네 노점에 7F7이 있었어. 850엔이래."

그렇게 빠르게 한마디하고 나서야 비로소 어제저녁 무렵부터 팽팽했던 긴장감이 쫙 풀리면서 가까운 의자에 털썩 주저앉아 이번에는 조금 나른한 행복을 한번 더 음미한다.

그 시절의 우리는 누구든 그 정도만으로도 말한 녀석의 마음을 전부 이해했다. 그 녀석의 말에 우리는 잠시 도시락을 먹던 손을 멈추고 서로 "우와" 하는 공기를 교환한다. 그러고는 다시 입안 가득 밥을 집어넣으면서 7F7을 사용해서 할 수 있는 모든 증폭기, 모든 측정기, 모든 종류의 회로에 관해 공상하고, 수다를 떨고, 논쟁한다. 그러다 결국은 분필로 칠판에 회로를 그려가며 어떤 것이 자신의 새로운 아이디어이며, 그것을 실현하면 7F7의 멋진 성능을 어떻게 살릴 수 있는지 열정을 쏟아부어, 그리고 그것이 중학생 신분으로는 절대 실현시킬 수 없다는 것을 아는 까닭에 한없는 동경을 갖고 얘기한다.

하지만 그 무렵 우리가 라디오에, 아니, 정확하게는 진공관을 사용해 어떤 회로를 만드는 일에 그토록 열중한 데는 사실 특별한 이유가 있었다. 인두를 사용해 진공관 다리를 꽂는 베이스나 코일, 가변콘덴서 등의 사이를 철사로 잇고, 그 사이에 저항기나 콘덴서를 삽입해서 회로를 만들어갈 때, 우리는 복잡하게 얽힌 배선 너머에 자신이 현재 살고 있는 세계와는 다른 세계를 만든다는 환상을 품었다. 그 무렵의 우리는 마치 알파벳도 모르는 외국어를 해독하듯이 한 줄 한 줄, 막히고 당황하고 애를 태우면서 라디오 이론 교재를 통해 전기와 라디오 이론을 터득했다. 우리가 만드는 세계에서는 그렇게 터득한 전기 이론, 그 투명함, 정합성이 우리의 눈에는 보이지 않지만, 그대로 정확하게 실현됐다. 예를 들어 50킬로옴의 부하저항이 있는 양극에 흐르는 전류에 0.1밀리암페어의 변화가 일어난다면, 그 부하저항의 양쪽 끝 전위차는 5볼트 변화할 게 분명하다. 그 변화는 5.1볼트도 아니고 4.9볼트도 아니다. 하물며 약 5볼트라는 어중간한 값도 될 수 없다. 부하저항이 50킬로옴일 때 전류 변화가 0.1밀리암페어라면 그것은 정확히 5볼트이며, 5볼트 이외의 다른 값은 있을 수 없다. 우리에게는 그 투명한 정확함이 배선 저편의 세계가 갖는 첫번째 매력이었다.

그러나 지금 그것을 '첫번째'라고 말한 것은 단순한 순서 문제일지도 모른다. 요컨대 정확함은 이 경우 진정한 매력의 전제다. 우리를 꽉 잡고 절대 놓아주지 않는 배선 저 너머 세계의 진정한 매력은 아마 그 세계에서 일어나는 일이 매우 정확하며 그사실은 의심할 여지가 없지만, 동시에 절대 우리 눈에 보이는 법이 없다는 점에 있었다. 예를 들면 뜨거워진 음극에서 흘러나온 전자는 전위가 높은 양극으로 빨려들어간다. 그때 그것을 가로막는 격자의 전위가 살짝 변화하면 그 전류 밀도는 격자의 전위 변화에 대응하는 특정 값만큼 변화한다. 그런 현상이 일어나고 있다는 것을 우리는 추호도 의심하지 않고 굳게 믿었지만, 그 현상이 일어나고 있을 때 우리가 진공관을 보며 알 수 있는 변화라고는 필라멘트가 빨갛게 변하는 것이나 고작해야 이따금 양극이 빨갛게 달아오르는 정도다. 더 간단한 현상, 예를 들면 앞서 얘기한 50킬로옴 저항의 양끝에 5볼트 전위차의 변화가 일어나는 경우든 눈으로든 귀로든 촉감으로든 우리가 지각하는 것은 아무것도 없다. 우리는 아무것도 보지 못한 채 믿는 것이다.

물론 측정기가 있다. 그러나 그것은 대부분 전기 현상을 기계 현상으로 바꾸어 시각에 호소하는 것이지 전기 현상 그 자체를 보여주진 않는다. 그리고 그렇게 바꾸는 것은 참는다 해도, 측정기를 회로에 넣는 것 자체가 우리가 공상하여 만들어낸 회로의 순수성을 망치고 만다. 요컨대 측정기가 어떤 회로의 전위나 전류를 측정한다는 것은 스스로 그 전위나 전류와 관계를 맺는 것이다. 그렇게 되면 측정기도 전위나 전류, 그러니까 그 본연의 모습에 필연적으로 관계하게 된다. 그러므로 측정된 회로는 다른 것과 관계를 맺지 않고 있던 처음의 그 회로가 아니다. 측정 불가능성은 측정이라는 행위 그 자체에서 직접 생겨나는 것이다.

그리고 측정에 얽힌 이런 사정이 그 시절 우리가 브라운관 오실로스코프에 대해 가진, 그 가슴 조이는 듯한 동경을 설명하고 있지 않나, 나는 종종 그렇게 생각한다. 물론 오실로스코프도 측정기인 건 마찬가지여서 측정이라는 본질적 모호함에서는 결코 벗어날 수 없다. 하지만 브라운관은 어쨌든 우리가 배선 저편에 만든 세계의 사건, 즉 전기 현상을 기계적 현상으로 바꾸지 않고,

그대로, 더욱이 그 동적 상태에서 직접 시각으로 나타낸다. 그리고 바로 그것이 우리가 흥분한 원인이었다고 볼 수 있다. 그 시절, 선생님께 간신히 빌린 고가의 브라운관 오실로스코프의 노란 화면에 녹색 선이 그려진 다양한 파형을 우리는 숨죽이고 들여다보았다. 그리고 이렇게 말하곤 했다.

"나도 말이야, 언젠가 오실로스코프를 만들 거야. 삼각자처럼 정확한 톱날 모양 파형의 발진기를 붙여서 말이야."

말은 그렇게 했지만, 그것이 언젠가 현실이 될 거라고 믿고 한 말은 아니었다. 그 시절 우리는 머리로 어떻게 생각하고 입으로 어떻게 말하건, 마음 한구석에서는 지금 같은 생활이 영원히 계속될 거라는 행복한 환상을 은근히 품고 있었다. 한편으로는 그 생활에 절망을 느끼고 있던 터라, 누군가가 너희도 언젠가는 학교를 졸업하고 사회인이 되어 오실로스코프를 만들 돈쯤은 자유롭게 버는 날이 올 거라고 말한다면, 말로는 "언젠가 오실로스코프를 만들 거야"라고 했지만, 멍하니 입을 벌리고 그 사람 얼굴을 쳐다볼 것이다.

게다가 무엇보다 오실로스코프도 측정이 모호하다는 사실을 잘 알고 있었다. 앞에서 말했듯이 배선 너머의 세계가 가진 매력의 본질은 측정할 수 없다는 것, 그곳에서 일어나는 일이 하나도 보이지 않는다는 것에 있었다. 그때 우리가 측정에 심혈을 쏟아부은 건 말하자면 밀약이었다. 그런 노력은 "그렇지만 결국은 보이지 않아" 하는 반대 결론을 이끌어내기 위한 것으로, '보이지 않는다'는 것이 우연이 아니라 필연임을 선명한 윤곽으로 나타나게 하는 것이 목적이었다. 그리고 투명함과 정확함 자체로 존재하는 세계가 확실히 그곳에 있지만, 그것은 의심할 여지가 없는 일이지만 동시에 우리가 그것을 보는 일은 절대 없다는 것, 그 세계와 우리가 절망적으로 단절됐다는 사실이 우리의 그 안타까운 동경을 낳았다. 이따금 나는 이렇게도 느꼈다. 볼 수 없지만 믿는다는 것, 그 세계는 절대로 보이지 않지만 그것이 아주 정확하게 존재한다는 사실을 아무런 의심 없이 믿을 수 있다는 것, 그때 일반적으로 '믿는다'는 행위에 따라붙는 비열함, 비굴함은 눈곱만치도 섞지 않고 믿을 수 있다는 것, 그런 사실이 그 시절 우리의 변함없는 동경에 단순한 동경 이상의 무언가를 부여했을지도 모른다.

우리는 그 시절, 서로가 빠져 있는 그런 매력을 암묵적으로 이해했다. 그래서 우리는 아주 많은 얘기를 나누었다. 대부분 별것 아닌 내용뿐이었지만, 그런 수다는 말하자면 잔물결 같은 것이었다. 잔물결 아래에는 우리만이 이해할 수 있는 깊고 넓게 펼쳐진 푸른 물의 투명한 깊이 같은 것이 있음을 믿었다. 하긴 그건 핑계일 뿐, 중학생인 우리는 그저 힘이 넘쳐 쨱쨱거리는 참새처럼 종일 라디오 얘기를 재잘거렸던 것뿐일지도 모른다.

그 시절, 우리가 세상에서 가장 신성한 일이라고 생각한 것은 새로 조립한 수신기에 최초로 스위치를 켜는 행위였다. 우리는 대부분 동아리방에서 라디오를 조립했다. 다들 재잘재잘 떠들면서 조립하지만, 일단 완성되면 절대 친구 앞에서 스위치를 켜지 않았다. 그것이 아무리 큰 수신기여도 끙끙거리며 집으로 갖고 가서 가족이 모두 잠든 한밤중에야 첫 스위치를 켜본다. 일단 스위치를 켜기 전에 한번 더 전체적으로 살펴본다. 우리의 흥분은 금세 고조된다. 배선에 실수는 없는가? 납땜이 불량한 부분은? 끊긴 곳은? 좋아, 전부 이상 없음. 그렇다면, 하고 우리는 정류관을 빼고 다른 진공관을 모두 베이스에 끼워넣은 다음 스위치를 켠다. 필라멘트가 밤의 어둠 속에서 빨갛게 빛나고 다른 이상이 생기지 않으면, 드디어 정류관도 꽂고 정말로 마지막 스위치를 올리는 일만 남는다. 자, 이렇게 되면 우리의 흥분은 최고조에 달하고, 손이 멈출 수 없이 떨리기 시작해 정작 중요한 정류관을 제대로 끼우지 못한다. 간신히 그것을 베이스에 끼우고 한층 떨리는 손을 스위치에 대면 우리의 고동은 점점 빨라지고, 호흡은 가빠오고, 얼굴은 달아오르고, 콧구멍은 넓어지고, 바들바들 떨리는 팔에서부터 진동이 온몸으로 퍼져, 더는 그것을 견디지 못하는 상태에 이른다. 우리는 그 의식을 원래는 신성하고 엄숙하게 할 생각이었지만, 이제 와서는 자신이 하는 행위의 의미 따위는 깡그리 잊고, 그저 그 무서운 긴장에서 벗어나기 위해 떨리는 손으로 무리하게 스위치를 켜버린다. 하지만 견디기 어려운 것은 아직 그 긴장에서 해방되지 못했다는 점이다. 필라멘트가 달아오를 때까지의 몇 초 동안, 우리는 학질이라도 걸린 것처럼 온몸을 계속 떨고 시뻘겋게 충혈된 우리의 눈은 흐릿해져 이제 아무것도 보이지 않는다. 그러나 드디어 지지직 하고 가벼운 잡음이 들리고, 떨리는 우리 손이 가변콘덴서를 더듬거려 무턱대고 그것을 돌리면, 별안간 아득한 이국에서 먼 하늘을 넘어온 귀를 찢는 듯한 재즈 한 소절이 울려퍼진다. 그 순간 뇌에서 목덜미, 좌우 어깨뼈 사이를 지나 척추 아래쪽을 향해 격렬하면서도 아픔과 뜨거움을 느끼게 하는 감각이 내달린다. 동시에 휴 하고 가슴속이 텅 빌 듯한 깊은 한숨이 입에서 터져나오며 모든 긴장이 풀린다. 이윽고 뼈 마디마디에 남아 있던 긴장도 조용히 사라지고, 축 늘어진 우리는 아직 쿵쾅거리는 가슴을 안고 반쯤 수면 상태로 빠져든다.

그런데 시간이 얼마나 흘렀을까? 갑자기 문이 거칠게 열려 깜짝 놀라서 돌아보면 아버지나 형이 그곳에 서서 고함을 지르고 있다. "대체 지금이 몇신 줄 알아! 시끄러워서 잘 수가 없잖아!" 정신을 차리고 보니 우리가 만든 수신기는 빠른 외국어로 '코리안 워'가 어쩌고, '레드 차이나'가 어쩌고 하는 영문 모를 소리를 마구 지껄이고 있다. 우리는 그 사실을 깨닫고 얼른 스위치를 끄고, 평소와 달리 얌전하게 "응, 이제 잘 거야"라고 한다. 그리고 그날 밤, 이불 속에 들어간 우리의 작은 가슴은 우리가 확실히 어떤 세계를 만들었다는 기쁨, 그리고 한순간이나마 그것과 신비로운 접촉을 했다는 은밀한 행복감으로 가득했다.

우리와 수신기의 관계는 이런 예를 봐도 알 수 있듯이 어떤 의미에서 내면적이어서, 자신의 수신기가 기대대로 작동하지 않거나 고장이 났을 때 우리의 기분은 또 특별히 심란해졌다. 한번은 점심시간에 동아리방에 모여 제각기 도시락을 먹거나 떠들고 있는데 한 녀석이 기세 좋게 뛰어들어오더니, 마치 이웃집 화재 소식이라도 알리는 것처럼 말했다.

"나, 이번에 만든 잡음 방지기 부착한 DX용(원거리 수신용) 말이야. 아무래도 S/N 비율이 나빠서(내부 잡음이 많아서) 감도가 올라가지 않는 거야. 게다가 여기저기 만지는 사이에 발진기가 멋대로 움직이더니 도저히 멈추질 않지 뭐야. 내가 원래 성질이 급하잖아. 화가 나서 바닥에 내동댕이쳐서 다 부숴버렸어."

우리는 일제히 젓가락을 멈추었다. 다른 데서 떠들고 있던 녀석들도 입을 딱 다물고 그쪽을 보았다. 그때 그렇게 말하는 친구를 올려다보던 우리의 시선은 프랑스 국민군 병사들이 말 위에서 가슴을 당당히 펴고 있는 나폴레옹 장군을 올려다볼 때와 비슷했다. 실제로 그 친구도 나폴레옹처럼 자그마한 체구를 한껏 크게 보이려고 무리해서 가슴을 펴 보였다. 우리는 생각했다. DX용이라면 그리고 잡음 방지기를 부착했다면, 최소한 진공관을 일곱 개나 여덟 개를 사용한 것이다. 어쩌면 록탈관도 한두 개 사용했을지 모른다. 게다가 가변콘덴서, 밴드 스프레드 가변콘덴서도 들어 있었을 것이다. 그리고 그런 것들에 뒤지지 않는 귀중한 코일, 미동 다이얼, 파워 트랜스, 그런 게 전부 붙어 있는 DX용 수신기를 바닥에 내동댕이쳐서 부숴버렸다. 단지 우리가 동경하는 세계가 확실한 모습으로 존재하지 않는다는, 정말로 순수한 분노에 가득 차서. 아아, 그 용기! 그 진지함! 우리는 평소에는 별로 눈에도 띄지 않던 친구의 내면에 숨어 있는 진정한 열정을 느끼고, 순간 자신들의 불순함을 가지가지 보여준 것 같아 숨을 죽였다. 이윽고 한 친구가 주뼛주뼛 물어보았다.

"진공관, 다 깨졌겠네?"

그러자 그 작은 영웅의 얼굴에 참으로 기묘한 표정이 서렸다. 그러나 그것은 금방 사라지고, 영웅은 그런 사소한 것은 문제가 아니라는 듯이 씩씩하게 말했다.

"응, 그게 말이야, 진공관은 빼고 테스트했어."

그러고는 "핫, 핫, 핫, 핫" 하고 늠름하게 웃었다. 그 순간 아이들 사이에 "뭐어야!" 하는 공기가 흘렀지만, 이내 다시 원래의 진지한 분위기로 돌아왔다. 수신기를 내동댕이쳤다는 엄숙한 사실 앞에 진공관을 뺐느니 넣었느니 하는 걸 문제삼는 것 자체가 좀 경박하다고 생각한 것이다.

그러나 우리 평범한 아이들에게는 진공관이 없었다는 것이 역시 하나의 구원이긴 했다. 그것으로 조금 안심하면서, 그래도 여전히 수줍은 듯이 한 친구가 다시 물어보았다.

"이야, 그거 운이 좋았네. 그렇지만 말이야, 코일 같은 건 역시 흠집이 났겠지? 게다가 가변콘덴서, 특히 밴드 스프레드 대용 콘덴서란 놈은 조금만 탈이 나도 못 쓰잖아."

그러자 영웅의 얼굴에는 또 좀 전의 기묘한 표정이 서렸다. 이번에는 쉽게 사라지지 않았다. 그러다 갑자기 얼굴이 막 구겨지더니 반쯤 웃고 반쯤 우는 것 같은 표정이 되었다. 그는 우물거리며 말했다.

"응, 그게 있지, 마침 동조회로를 만지던 참이었거든. 그래서 말이야, 왜 흔히 하잖아. 가변콘덴서하고 코일은 말이야, 떼어놓았어."

우리 사이에는 작은 동요가 일었다. 그것은 늦은 밤에 연극이 끝난 극장에서 쏟아져나온 군중이 지금 막 비극을 연기한 주인공이 무대에서 자신을 찔러 죽인 상대역 배우와 담소를 나누며 자동차에 올라타는 것을 보았을 때, 그들 사이에 일어난 그 뭐라 표현할 수 없는 동요와 비슷했다. 그들은 지금 담소를 나누는 여배우는 허구이며, 그 비장한 운명을 살다 간 주인공이야말로 현실이라고 계속 믿으려 한다. 또 한 친구가 말했다.

"그래도 다이얼이나 트랜스는 붙어 있었겠지?"

그러나 영웅은 점점 우물거렸다. 그리고 애써 밝게 대답했다.

"응, 그게 말이야, 가변콘덴서를 떼어내면서 다이얼은 안 떼어 낼 수 없잖아. 게다가 트랜스는 내동댕이치기에는 너무 무거워."

아까부터 일이 뜻밖의 방향으로 전개되자 한 명이 저도 모르게 강하게 말했다.

"그럼 대체 섀시(부품을 결합하는 금속제 대臺)에는 뭐가 붙어 있었던 거야?"

이렇게 되니 좀 전까지의 영웅은 헬레나 섬에 유배된 나폴레옹 이었다. 금방이라도 울음을 터뜨릴 것 같은 얼굴로 애써 "에헤헤 헤" 웃고는 말했다.

"그게 말이야, 기껏 만들었는데 상태가 너무 안 좋잖아. 그래서 화가 나서 수신기를 다 분해한 거야. 큰 것은 떼어냈지. 그리고 저항기와 콘덴서만 남은 섀시 뒤를 보니 갑자기 짜증이 나서 나 도 모르게 바닥에 내동댕이쳐버린 거야."

"뭐어야. 섀시와 저항기와 콘덴서라고? 그걸 바닥에 내동댕이 쳐서 부숴버렸어? 그것도 대단하네, 대단해."

우리는 그렇게 말하고 깔깔깔 배를 잡고 웃어댔다. 그 친구의 시작이 패기로 넘쳤던 만큼이나 우리는 울상을 짓고 있는 좀 전 의 영웅을 둘러싸고 일제히 법석을 떨었다. 영웅은 울먹이는 소 리로 조그맣게 항변했다.

"그렇지만 진공관을 끼운 채로 내동댕이칠 수 없잖아. 그렇 지?"

그러나 우리는 그런 소리에 귀도 기울이지 않고 계속 웃었다.

"섀시와 저항기와 콘덴서라. 대단하네, 대단해."

"대단하네, 대단해."

그러나 그런 웃음 속에서 빠져나온 그의 우물거리는 항변이 희미하게 마음에 와 닿아 우리는 갑자기 웃음을 그치고 숙연해졌다. 그가 중얼거린 "그렇지만 진공관을 끼운 채로 내동댕이칠 수 없잖아" 하는 말이 마음에 와닿자마자, 금세 그 말이 가진 묘한 무게가 느껴졌다. 쑥스럽고 멋쩍어 서로의 얼굴을 보고 있다가, 또 그 급작스러운 침묵 속에 멍하니 서 있는 작은 영웅 쪽을 무서운 것이라도 보듯이 쳐다보았다. 그 침묵은 몹시 답답하고 괴로웠다. 우리 아이들이 한 번도 경험한 적 없는 침묵이었다. 갑자기 아이들 중 한 명이 침묵을 견디지 못하고, "섀시와 저항기와 콘덴서라. 대단하네, 대단해" 하고 한껏 놀려서 아까처럼 깔깔 웃기 시작해 계속 웃어댔다. 하지만 깔깔 웃으면서도 우리는 마음 한편으로 그 웃음이 잠깐의 침묵 동안에 구원할 수 없을 정도로 변질됐다는 사실을 느꼈다.

하지만 이런 일은 우리가 그 시절 몇 차례나 경험한 일화 중 하나에 지나지 않는다. 그런 일화 속에서 우리는 때때로 낯선 것에 부딪히기도 하고, 놀라기도 하고, 당황하기도 했지만, 역시 우리는 대체로 밝았고, 아까부터 몇 번이나 말했지만, 자신들이 만든 현실 너머 세계의 아름다움에 빠져 있어서, 그 이외의 우리를 놀라게 할 만한 낯설고 조금쯤 이상한 것은 적어도 겉으로는 바로 잊어버렸다. 그 시절 우리의 최대 관심사는 뭐니뭐니해도 아름다움이라는 것이었다.

그래서 그 시절 우리는 우리 동아리에 절대 여자아이를 가입시키지 않았다. 물론 우리는 중학교 3학년 치고 꽤 정신연령이 어린 녀석들의 모임이었다. 그래도 또래 여자아이들의 잘록해지기 시작한 허리나 볼록한 가슴, 짧은 블라우스를 입은 매끈하고 하얀 팔, 그리고 무엇보다 이따금 살짝 옆얼굴을 스쳐가는 표정, 그런 아름다움에 절대 무관심할 수 없었다. 그런 아름다움이 우리를 유혹할 거라는 두려움을 은근히 예감하고도 있었다. 그래서 여자아이를 가입시키지 않았다. 요컨대 그 시절 우리에게—그 나이에 어울리는 느낌이었지만—여자아이는 아름다움 그 자체였고, 갖고 싶은 존재였다. 그런 그녀들이 아름다움을 추구한다는 사실은 우리가 은밀하게 생각하는 그녀들의 본질을 파괴하는 것이었다. 그리고 여자아이에 대한 이런 태도에는, 또 거꾸로 우리를 아름다움을 체현하는 자가 아니라 추구하는 자로서 엄격히 규정지었다는 사실에는, 그 당시 우리가 전기회로나 진공관에 대해 느끼던 동경, 말하자면 아름다움의 질質을 생각하는 태도를 암시하는 무엇이 있지 않았을까 하는 생각이 든다. 그리고 록탈관의 아름다움은 결국 우리의 그런 동경의 대상인 아름다움의 질을 눈에 보이는 형태로 가장 잘 대표했다. 그러나 그 허상을 통해 우리의 동경이 지향했던 것은 우리가 보지 않고도 믿을 수 있었던, 모호함이 전혀 없이 확실한 정확성을 지닌 전기 현상의 세계였으며, 그런 까닭에 우리에게 록탈관은 아름다웠다.

그날은 여름방학이 시작된 첫날이었다. 나는 또 간다의 라디오 부품 노점상 거리를 어슬렁거리고 있었다. 여기저기서 테스트용 진공관으로 조립한 라디오가 "왼쪽 주머니에 추잉검" 하는 유행가를 뿌려대고, 사이사이에 대구에서 어쩌고 부산에서 어쩌고 하는 한국전쟁 뉴스를 떠들고 있었다. 그랬다. 한국에 전쟁이 일어난 지 한 달도 채 되지 않은 어느 날이었다.

물론 우리는 아직 중학교 3학년이었고, 그중에서도 특히 더 정신연령이 어린 녀석들의 모임이었고, 게다가 정치 같은 건 뭔가 복잡하게 얽혀 있어서 투명함을 좋아하는 우리 기질에 맞지 않았다. 이래저래 한국전쟁을 둘러싼 국제정세 같은 건 알 리 없었지만, 자칫하면 우리도 휘말릴지 모른다는 사실에도 지극히 태평이었지만, 그래도 한국전쟁은 우리가 간다를 어슬렁거리는 데 전혀 영향이 없지는 않았다.

2차대전 이후 무엇을 만들어도 잘 팔렸던 전기 관련 회사들의 경영이 그해 초부터 점차 힘들어지면서, 작은 회사는 줄줄이 망했다. 그래서 한 곳이 망하면 자산정리를 하느라 간다에서 그 회사 제품의 덤핑이 시작되는 게 보통이었다. 우리는 그런 덤핑이 있을 때마다 비록 이류 제조사의 제품이라도 평소에는 엄두도 못 내던 것들을 손에 넣을 수 있었다. 5월이 되자 상당히 이름 있는 제조사도 나오기 시작해서 우리는 좋아서 어쩔 줄 몰랐다. 다음에는 드디어 일본 최대의 전기회사 중 하나인 T사가 위험하다는 소문이 돌았고, 우리는 T사 도산 때 사들일 부품을 꿈꾸며 이걸 만들자, 저것도 만들자 하고 희망에 부풀어 있었다. 그런데 그때 한국에서 전쟁이 터져 T사는 당장 재고로 있던 몇십만 개, 몇백만 개, 몇천만 개의 건전지를 미군에게 팔아치우고 회사는 금세 다시 일어났다. 또 T사 이외의 다른 회사도 모두 다시 일어나서 간다의 라디오 부품 가격은 50퍼센트나 뛰었다. 덕분에 우리의 못된, 그러나 가련한 꿈은 순식간에 사라지고 말았다.

그런 이유로 그날 간다 순례에서는 한 달 전처럼 덤핑 보물을 얻는 일은 없었다. 그렇다 해도 그 시절의 우리는 그저 노점상 거리를 돌아다니는 것만으로 충분히 즐거웠다. 게다가 나는 그날 어떤 소문을 듣고 그걸 노리고 온 것이기도 했다. 소문으로는 일주일 이내에 한국의 피비린내나는 전쟁에 참가하게 될 미군들이 일본에서 마지막 환락을 즐기기 위한 돈을 마련하기 위해 가장 손쉽게 꺼낼 수 있는 군자재인 진공관을 대량으로 훔쳐내서 노점상에게 싸게 팔고 있다는 것이었다. 그러고 보니 모든 물건값이 천정부지로 올라가는 그 무렵의 간다에서 이상하게 미제 진공관만은 값이 제자리이거나 조금 싸기까지 했다. 그래서 그런 소문을 듣고 온 나도 작은 희망을 품은 것이다. 그런 식으로 진공관이 다량으로 유통될 때, 그것도 전쟁이라는 혼란을 동반하고 있을 때는 그냥 싸기만 한 게 아니라 뜻밖의 보물을 발굴할 가능성이 있다. 어쩌면 그토록 갖고 싶었던 록탈관도 손에 넣을 수 있을지 모른다. 그렇게 생각하며 나는 여름방학이 시작되자마자 바로 간다 노점상 거리에 찾아온 것이다.

물론 나도 그날 내가 쓰는 진공관값이 돌고 돌아 미군의 손에 들어가 그들의 마지막 환락에 쓰일 것이며, 그 환락이 '환락'이라는 말로 자못 치장하고 있다 한들, 또 그것이 미군에게 아무리 애수 어린 일이라 한들, 우리들 피부가 노랗고 코가 납작한 종족 가운데 어느 한 사람에게, 한 여자에게 무엇을 의미하는지, 아니, 오히려 그 여자를 통해 우리에게 무슨 의미가 될지 어렴풋이나마 알고는 있었다. 그렇지만 그런 것보다도 그 록탈관의 비교할 수 없는 아름다운 자태가 나를 사로잡았다. 오직 그것을 소유하고 싶다는 마음이 내게 모든 것이 녹아내릴 것 같은 여름 한낮의 간다를 어슬렁거리게 했다.

하지만 그 바람은 거의 이루어질 것 같지 않았다. 중학생답게 꼼꼼히 노점상을 뒤졌지만 록탈관에 관해서는 아무런 수확도 얻지 못했다. 나는 오가와초에서 스다초까지 약 800미터에 이르는 노점상 거리를 이미 두 번이나 왕복했다. 그러다 선선한 바람이

부는 걸 느낀 저녁 무렵에 나는 멍하니 스다초 사거리 한 모퉁이에 서 있었다. 그때 아까 지나오면서 얼핏 들은 이야기가 갑자기 의식의 표면으로 떠올랐다. 노점 주인과 약간 덩치가 큰 젊은 남자의 대화였는데, 듣자 하니 미군들과 노점상의 중개업소가 간다 역 근처에 있다는 것 같았다. 물론 한 집만 있는 게 아니겠지만, 다들 조금 어두운 느낌이 드는 좁은 가게로, 가게 앞에는 그런 암거래를 감추기 위해 눈속임용으로 몇 가지 부품을 늘어놓았을 게 분명하다. 그리고 그 안의 밀실에서는 서부 사투리를 쓰는 미군과 검은 선글라스를 낀 젊은 남자가 손짓 발짓을 하며 소리 낮추어 거래할 테지. 그런 곳에 가면 뜻밖에 갖고 싶은 것을 손에 넣을지도 몰라, 하는 생각이 문득 들었다.

물론 중학생인 내가 그런 곳에 가서 흥정하겠다는 것은 아니다. 내가 노린 것은 그 눈속임용 부품이었다. 내가 원하는 것은 록탈관이었으나, 7F7이나 7A8 같은 정말로 누구나가 갖고 싶어 하는 물건이 아니어도 된다. 7A6이나 14C7도 록탈관인 이상, 다른 어떤 종류의 진공관보다 견고하고 섬세하게 만들어졌을 것이다. 다소 사용하기 어렵다는 문제쯤은 너끈히 해결하여 능숙하게 다루는 것이 우리 라디오 마니아의 특기이자 자랑이다. 그리고 지금부터가 중요한 점인데, 이런 7A6이나 14C7은 가격이 비싸면 잘 팔리지 않아서 노점상은 사고 싶어하지 않을 것이다. 그러면 물건은 중개업자 손에 남지 않을까. 그리고 중개업자는 이런 물건들을 눈속임용으로 가게 앞에 도맷값으로 늘어놓지 않을까. 요컨대 이런 희망이 스다초 모퉁이에 멍하니 서 있던 내 머리에 떠올랐고, 정신을 차리고 보니 내 다리는 아직 더운 콘크리트 길을 걸어 간다역 쪽으로 어슬렁거리며 가고 있었다.

물론 이런 추측은 다시 생각할 것도 없이 내게만 유리한 희망적인 관측이란 걸 중학생인 나 역시 깨닫지 못한 것은 아니었다. 그러나 나는 내 희망이 이루어질 가능성이 조금이라도 있다면, 비록 그 확률이 1퍼센트라도 시도해보겠다고 하는 중학생 특유의 열정을 아직 잃지 않았다. 게다가 열정이라는 의지적인 것과 무관하게 나는 홀리듯이 간다역 주변의 그 수수께끼로 가득한 곳으로 이끌리고 있었다.

간다역에 가까이 가니 '아마추어 사절'이라는 벽보를 붙인 대형 라디오와 부품 도매상이 늘어서 있었지만, 그런 곳에는 애초에 볼일이 없었다. 나는 모퉁이를 돌아 뒷골목으로 들어갔다. 그러나 이곳도 한결같이 다양한 가게들이 시침 뚝 뗀 모습으로 음식점과 섞여 천연덕스럽게 늘어서 있을 뿐이었다. 나는 특별한 게 없는 흔한 라디오 가게 앞을, 살 마음도 없이 천천히 보며 걸었다. 그것은 승리의 월계관을 꿈꾸면서 겉으로는 우울한 척 적진을 엿보는 전쟁 전날의 장군 같은 마음이었다.

세번째 라디오 가게를 둘러보고 무심히 다시 걷기 시작했을 때, 나는 오른편에 문득 이상한 느낌을 받고 멈춰 섰다. 오른편으로 좁은 골목이 길고 어두컴컴하게 나 있었다. 이상한 느낌은 확실히 그 골목에서 나는 것이었다. 정확하게는 골목에서 난다기보다 골목 그 자체가 이상한 느낌이 들었다. 창이 없는 큰 가게의 높은 벽에 둘러싸인 골목 안에는 전쟁 전부터 있었을 법한 낡은 집도 보이는 것 같았다. 좁고 어둡고 축축한 느낌이 드는, 그러나 딱히 특별한 것은 없는 지극히 평범한 골목다운 골목이었다. 그런데 기괴한 것은 전부 평범한 요소로 이루어진 그 골목길이 전체적으로는 뭔가 이상한, 그 시절 나의 생활과 비교하여 완전히 이질적인, 어떤 적의 같은 분위기를 띠고 있다는 것이었다. 그러나 나는 저항할 수 없는 예감에 이끌려 그 골목길로 빨려들어갔다.

겨우 10미터쯤 걸었을까. 나는 골목길 한구석에 있는 조그마한 라디오 가게 앞에 멈춰 섰다. 가게 폭은 4미터 남짓. 그러나 안쪽 깊이는 6미터 정도나 됐다. 입구는 손님을 안쪽으로 들어가지 못하게 하려고 사람 한 명이 간신히 몸을 옆으로 해서 들어갈 정도의 틈을 남기고, 내 가슴까지 오는 낡은 유리 진열장으로 막아놓았다. 그 안에는 초라하기 그지없는 부품을 처량하게 진열해놓았다. 하지만 보시라! 진열장 위에는 스무 개 남짓한 금속관과 GT관이 아무렇게나 널려 있었다. 그러나 내가 앗 하고 숨을 삼킨 것은 거기에 록탈관 하나가 섞여 반짝반짝 빛나고 있어서였다. 나는 엉겁결에 유리 진열장에 다가가 그걸 손에 들었다. 어쩌면 이곳이 예의 중개업소로 이 록탈관도 어쩌면 엄청나게 쌀지도 모른다. 그런 생각으로 설레면서 그 전구를 자세히 보던 나의 기대는 그것이 7N7이라는 걸 알고 실망으로 바뀌었다. 7N7은 아주 비싼 전구다. 새 제품이라면 900엔은 한다. 보통 750엔, 이곳이 아무리 싸다고 해도 500엔 이하로는 팔지 않을 것이다. 그런데 내 돈은 주머니를 탈탈 털어도 250엔뿐. 그것이 중학생인 내 전 재산이다. 할 수 없이 포기하고 7N7을 내려놓아야겠다고 생각하며 문득 가게 안쪽을 보니, 세로로 긴 가게의 어두컴컴한 구석에서 젊은 사람 세 명이 모여 카드놀이라도 하는 듯했다. 그중 한 명이 별나게 날카로운 눈길로 수상하다는 듯이 이쪽을 보고 있었다. 그 시선을 느끼자 오싹 소름이 끼친 나는 얼른 록탈관을 내려놓고 도망쳐야겠다는 생각을 했다. 하지만 그런 눈으로 보고 있으니 움직이려야 움직일 수 없어서 록탈관을 손에 든 채 뱀에게 찍힌 개구리처럼 바짝 얼어버렸다. 그러자 그 남자가 벌떡 일어나서 이쪽으로 오더니 물었다.

"무슨 일이야?"

나는 이제 와서 도망칠 수도 없어서 무슨 말이든 상대의 질문에 대답해야 한다는 생각으로, 내가 무슨 말을 하는지도 모르는 채 말했다.

"이 7N7 얼마예요?"

"200엔."

젊은 남자는 일부러 무섭게 말하려는 듯한 굵은 목소리로 그렇게 대답했다. 나는 그저 형식적으로 "예" 하고 끄덕이고, "그럼 못 사겠네"라고 하듯이 손에 든 록탈관을 원래대로 돌려놓고, 얼른 그 가게에서 떠나려고 했다. 그런데 나는 록탈관을 놓지 못했다. 놓으려는 순간, 지금 막 건성으로 들어 넘긴 젊은 남자의 낮은 목소리가 불현듯 의식 속으로 돌아왔다. "200엔."

"네?"

나는 무서움도 잊고 되물었다.

"200엔요?"

"그래."

젊은 남자는 무표정하게 대답했다. 순간 나는 무서움도 으스스함도 날려버리고 힘차게 말했다.

"살게요."

돌아오는 길, 스다초를 지나고 아와지초를 지나고 오가와초를 지나고, 스루가다이를 지나 진보초 전차 정류장에 도착할 때까지, 나는 몇 번이나 주머니 속의 록탈관을 만지작거렸는지 모른다. 그 매끄러운 유리 표면에 손가락 끝이 닿을 때마다 짜릿한 감각이 온몸에 퍼지며 가슴이 표현할 수 없이 조여들었다. 나는 네 모서리를 한 번씩만 만지기로 횟수를 제한했지만, 네 모서리를 한 차례 만지고 나면 또 바로 참을 수 없어서 이번에만 특별히, 라고 변명하며 한 차례 더 만져보곤 했다. 나는 이번에야말로 정말로 시원한 바람이 부는 저녁 무렵의 간다 거리를 비밀스러운 쾌락에 잠긴 채 진보초 쪽으로 빠르게 걸어갔다.

진보초에서 전차를 기다리며 나는 몹시 초조해했다. 별로 서두를 필요는 없었지만, 행복으로 가득한 내 마음은 전차가 오지 않아서인지 묘하게 흐트러졌다. 문득 나는 지금 겨우 내 소유가 된 록탈관을 다시 한번 찬찬히 보고 싶은 욕망에 사로잡혔다. 살 때는 기쁨과 두려움이 뒤섞여 있었고, 돌아오는 길에는 만지기만 하고 제대로 보지 못했다. 전차를 타고 나면 물론 아무리 복잡해도 록탈관이 깨지는 일은 없겠지만, 하필 퇴근시간이어서 주머니에서 꺼내 보는 것은 무리일 것이다. 그러니 본다면 지금 봐야 한다 싶어서, 마침 그때 기다리던 전차가 왔지만 그냥 보내고 안전한 구석으로 가서 조심스럽게 주머니에서 7N7을 꺼내 자세히 바라보았다.

록탈관이라는 녀석은 보면 볼수록 아름답다. 몇 번이나 되풀이하는 말이지만, 그때의 그 감동을 또 말하지 않을 수 없다. 찬찬히 바라보니 은빛 보호막이 유리관 벽면에 비쳐 반짝거리고, 그 속에는 검은 전극 두 개가 조금의 흐트러짐도 없이 나란히 고정되어 있다. 7N7은 쌍삼극관이어서 전극이 두 개다. 아름다운 유리 곡면 속에 단면이 타원형인 두 개의 원통형 전극이 검디검은 빛을 뿌리며 조금의 오차도 없이 자리잡고 있다. 그 모습은 크기는 다르지만 검게 빛나는 거대한 기계가 늘어서 있고, 그것도 먼지 하나 없이 잘 닦여진 근대 공장 같은 감동을 주었다. 이윽고

나는 짜릿한 마음으로 아주 옅은 구릿빛을 띤 하얀 금속 베이스
로 시선을 옮겼다. 그리고 차례로 그 금속 베이스의 밑면에 뚫린
여덟 개의 구멍을 통해 유리 밖으로 나온 여덟 개의 짧고 확실한
구리 다리와 그 다리를 뿌리에서 지탱하고 있는 여덟 개의 작고
단단하고 두꺼운 유리 산을 한 개 한 개 눈으로 더듬었다. 다리는
말할 수 없이 탄탄해서 무리하게 힘을 주면 다리가 부러지기보다
뿌리 부분의 두껍고 단단한 유리에 한 가닥 균열이 생길 것 같았
다. 나는 그 확고한 아름다움에 그저 넋을 잃을 따름이었다.

　얼마나 그렇게 넋을 놓고 있었을까. 문득 착시 현상인가 하고
눈을 깜박였다. 그러나 역시 짧은 다리 한 개를 지탱하고 있는 작
고 단단하고 두꺼운 유리 산에 균열인 듯한 선이 보였다. 내 심장
은 순간 빨리 치는 종처럼 뛰기 시작했다. 아무리 희미하다고 해
도 일단 균열이 생기면 사용할 수 없다. 아니, 잠깐만. 그냥 먼지,
먼지가 묻은 게 아닐까? 분명 그럴 것이라고 생각한 나는 록탈관
을 눈높이로 올려서 떨리는 새끼손가락 끝으로 간절한 마음을 담
아 그 희미한 선을 닦으려고 했다. 그러나 그 선은 닦이지 않았고
눈높이에서 보니 모든 것이 명확해졌다. 그 두꺼운 유리에는 짧
고 가늘긴 했지만 한 가닥의 의심할 여지 없는 균열이 나 있었다.
나는 놀라서 눈높이로 들고 있던 록탈관을 원래의 위치로 후다닥
되돌렸다. 그러나 일단 의심할 여지 없는 균열이란 걸 인정한 뒤
로는 그 희미한 선은 이미 균열 이외의 무엇으로도 돌아갈 수 없

다. 나는 절망한 나머지 진공관을 든 오른손을 높이 쳐들고 금방이라도 정류장으로 들어올 전차 몸뚱이에 부서져라 던져버릴까 했다. 그러나 그 순간, '어쩌면' 하는 생각이 들었다.

어쩌면, 어쩌면 그 가게 젊은 남자도 균열을 발견하지 못하고 판 게 아닐까. 가져가면 200엔을 돌려주지 않을까. 그것은 근세 초기 해적선이 제멋대로 날뛰던 대서양과도 비슷한 당시의 간다에서는 거의 바랄 수 없는 일이었지만, 그렇다고 시도도 하지 않고 포기하는 것은 자기에게는 태만이고, 상대에게는 모멸이다, 라고 이 투지와 권리의식 넘치는 중학생은 생각했다. 무엇보다 록탈관을 소유한다는 꿈이 사라진 것은 더할 수 없는 정신적 고통으로 무엇으로도 치유할 수 없는 실망이었다. 하지만 그 시절 내게는 200엔이라는 금액 역시 그 정신적, 말하자면 형이상학적 고통에만 빠져 있는 것을 허락하지 않는 큰돈이었다. 어디를 어떻게 갔는지 정신을 차리고 보니 나는 다시 그 좁고 어두운 가게 앞에 있었다.

처음에 나를 이 골목으로 유혹했던 이상한 분위기가 이미 내 주위에 있었다. 그것이 몸에 끈적끈적하게 달라붙어서 나는 고개를 돌리는 것조차 자유롭지 않았다. 살짝 가게 안을 들여다보니 어두워서 정확하게는 알 수 없지만, 아까는 의자에 앉아 있던 삼십대 남자가 선 채로, 키가 크고 일본인 같지 않게 어깨가 떡 벌어진 남자와 낮은 목소리로 얘기를 주고받고 있었다. 아까 별나게 눈매가 날카롭던 젊은 남자는 의자에 비스듬히 앉은 채 바깥 분위기를 살피는 것 같았다. 그리고 내가 무거운 점액질의 저항을 헤치고 나가듯이 유리 진열장 앞으로 다가가자, 젊은 남자가 자신의 몸으로 내 시야를 가리듯이 앞에 버티고 서는 게 아닌가. 하지만 무슨 상관이냐. 이 가게 안에서 일어나는 일은 나하고 아무 관계도 없는 일이다. 내가 바라는 것은 그저 그가 내 록탈관에 관한 이의를 정당하게 받아들여줘서 200엔을 돌려주는 것이다. 나는 그 젊은 남자 앞에서 더듬거리면서도 논리정연하게, 이 가게에서 산 록탈관에서 균열을 발견했다, 가게에서 사서 발견할 당시까지 균열이 일어날 아무런 일이 없었다, 따라서 그런 사실로 추론한 결과 균열은 내게 팔기 전에 이미 생긴 것으로 본다, 이런 사실을 설명했다. 그리고 매매를 취소하고 진공관을 줄 테니 200엔을 환불해달라는 뜻을 분명히 밝혔다. 내 앞의 음산한 젊은 남자는 내가 얘기하는 동안 묵묵히 자신의 손에 들린 록탈관 캡 부분의 곡면을 보고 있더니, 내가 얘기를 마치자 비로소 진공관을 뒤집어 균열이 간 다리 부분을 무표정하게 바라보았다. 그러나 여전히 입을 다문 채 구부정한 등을 내 쪽으로 돌리고 안쪽 의자에 앉아 있는 남자에게로 가서 뭐라고 속닥속닥 얘기했다. 앉아 있던 남자는 젊은 남자 옆에서 날카로운 시선을 내 쪽으로 찌릿 보냈지만, 이내 다시 젊은 남자를 향해 한두 마디 명령하듯이 말했다. 젊은 남자는 한마디도 끼어들지 않고 다 듣고 난

뒤, 다시 뚱한 모습으로 느릿느릿 이쪽으로 왔다. 그러고는 옆에
있는 상자에서 100엔짜리 지폐를 한 장 꺼내 록탈관과 함께 먼지
앉은 유리 진열장 위에 쓱 내밀었다. 그러고는 처음으로 입을 열
었다.

"이것만 돌려줄 테니 가."

가라고 하지 않아도 도망치고 싶은 마음은 굴뚝같다. 그러나
여기까지 와서 그렇게 순순히 돌아갈까보냐. 나는 내게 균열 책
임이 없고, 그건 불 보듯 뻔한 일이므로 전액 환불받는 것이 합당
하다고 또 한번 필사적으로 설명했다. 젊은 남자는 뒤돌아 어깨
너머로 잠깐 가게 안쪽을 보았지만, 별말 없이 다시 이쪽을 보더
니 무표정하게 말했다.

"그러니까 이것도 준다잖아. 금이 조금 갔지만 쓸 수 있을지도
몰라."

감정이 전혀 없는 그 말의 후반부는 부드럽게 들리기까지 했
다. 하지만 한번 균열이 생긴 진공관을 쓸 수 있을 리 없잖은가.
나는 계속 물고 늘어지려고 했다. 그러나 얼핏 올려다본 젊은 남
자의 눈. 그 눈에는 멀리서 봤을 때 느낀 날카로움은 전혀 없었
다. 오히려 거기에 있는 것은 흰자위와의 경계가 흐리멍덩하고
생기 없고 썩은 듯 보이는 갈색 홍채, 그것을 싸고 있는 충혈되고
탁한 흰자위, 눈 주위의 칙칙한 피부, 그것들 전부에서 결여된 삶
을 느끼게 하는 이상한 분위기, 이 골목의 이상함 그 자체였다.

나는 말할 수 없는 공포에 사로잡혀 하려던 말도 입에 달라붙어 버렸다. 일단 진열장에서 몸을 조금 뗐지만, 더는 움직이지 못하고 멈춰 섰다. 젊은 남자는 한번 더 무표정하게 되풀이했다.

"됐으니까 갖고 가."

그 말 한마디에 지금까지 내 몸에 끈적끈적하게 달라붙어 있던 괴이한 공기가 단번에 사라졌다. 나는 진열장 위의 100엔짜리 지폐와 7N7을 들고 뒤도 보지 않고 골목길에서 뛰어나왔다.

이윽고 정신을 차리고 보니 간다 거리에는 화려한 여름 불빛이 켜지기 시작했고, 규모가 큰 라디오 가게가 늘어선 큰길로 나가니 그곳에는 영업상 아낌없이 켜둔 전구가 빨강, 파랑, 노랑으로 한없이 반짝였다. 소리가 갈라진 확성기는 큰 소리로 신나게 "오른쪽 주머니에는 꿈이 있지" 하는 유행가를 주변에 뿌렸다. 그 순간에도 이웃나라에서는 피범벅의 전쟁이 벌어지고 있고, 그곳에서 분비되는 전쟁 괴수의 끈적거리고 비린내나는 체액이 일본 바닥에도 큰 도로며 골목에까지 스며들고 있다는 사실 따위 전혀 아랑곳하지 않는 것 같았다. 그리고 그 화려함 속에 스다초 쪽으로 걸어가는 내 발걸음도 나도 모르게 들떴다. 그런 가게에서는 하자 있는 물건에 걸려도 한푼도 건지지 못하는 게 보통이다. 그런데 100엔이나 건졌으니 이건 대서특필할 일이다. 아직 나이는 얼마 안 먹었지만, 나란 놈도 대단한 놈이다, 정말로. 게다가 약간의 균열이 있긴 하지만, 그리고 "쓸 수 있을지도 몰라" 하는 젊

은 남자의 말은 완전히 엉터리였지만 그런 건 아무래도 상관없
다. 어쨌든 그 아름다운 록탈관이 내 손에 들어왔다. 물론 록탈관
의 아름다움은 우리가 언제나 동경하는 배선 저쪽 세계의 확고한
아름다움과 무관하다고 할 수 없으며, 말하자면 그 세계를 가시
적으로 나타내는 존재로서 록탈관이 아름다운 것이다. 그러므로
록탈관의 본질적인 아름다움은 록탈관 배후 세계의 아름다움으
로, 결국 사용할 수 없게 된, 그 세계와 무관한 록탈관은 더할 수
없이 비참한 존재일 수밖에 없지만, 그건 그렇지만 그래도 록탈
관은 지금 확실히 내 주머니에 있고, 그것은 겉보기에는 완전한
록탈관이다. 겉보기에 이상이 없는 것은 그 아름다움에 아무런
이상이 없다. 왜냐하면 아름다움은 시각을 통하지 않고는 감정에
호소할 길이 없다. 그러므로 결론적으로 내가 지금 아름다운 록
탈관을 갖고 있다는 것은 의심할 여지가 없는 일이라고 나는 믿
었다. 그래서 내 발걸음은 확성기가 뿌려대는 신나는 유행가에
맞춰 가볍게 날아다니고, 심지어 입에서는 "왼쪽 주머니에 록탈
과안" 하고 가사를 바꾼 유행가가 흘러나오기까지 했다. 그리고
나는 왼손을 주머니에 찔러넣고 권총을 갖고 노는 서부극의 영웅
처럼 주머니 속의 록탈관을 갖고 놀았다. 그러나 절대 그것을 다
시 주머니에서 꺼내 눈으로 보지는 않았다. 그냥 "왼쪽 주머니에
록탈과안"을 흥얼거리면서 노을 진 한여름의 간다 거리를 들뜬
걸음으로 걸어갔다.

그러나 이따금 생각하는 일인데, 과연 그랬을까? 그 여름 노을진 간다에 있었던 것이 그렇게 들떠서 자기기만에 몸을 맡긴 나였을까. 그것은 게으름 부리며 살고 있는 지금의 내 머릿속에 떠오른 거품이거나, 자기기만으로 하루하루를 보내는 지금 나의 거짓된 심상으로, 실은 십 년 전 옛날의 더운 여름 해질녘에, 달아오른 열기를 도로 내뿜는 콘크리트 위를 땀도 닦지 않고, 주위도 보지 않고 그저 벅찬 감정을 꾹 참으면서 아마도 딱 앞만 노려보며 바른 걸음으로 걸어간 나 자신이 아니었을까. 주머니에서 비참한 잔해가 돼버린 록탈관을 꽉 쥔 내 왼손은 누구에겐지 모를 분노로 바들바들 떨다가 결국 도로에 그것을 내동댕이치지 않았을까. 그리고 록탈관의 파편, 산산이 흩어지는 그 소리와 함께 무언가가 그 시절 내 속에서 죽어가고, 그리고 무언가가 생겨나지 않았을까. 한 가지 사건을, 그것을 짊어진 시간이라는 것을 살지도 않고 죽지도 않고, 괴로워하지도 않고 기뻐하지도 않고, 무엇 하나 배우지도 않고 잊지도 않고, 그저 빈둥거리며 지냈을 리는, 그럴 리는 절대 없다. 있었을 리 없지 않은가. 정말로 지금에 와서는 어느 쪽이 그때의 진실인지 확인할 도리도 없지만, 해마다 그 더운 계절이 찾아오면 반짝거리는 해변, 먼지와 굉음이 가득한 도시의 대로, 꼼짝도 할 수 없는 만원 전철 등에서 느닷없이 그때의 분노가 내 몸에 되살아나, 나른함과 자기기만으로 무너지려 하는 온몸을 뚫고 모든 것을 파괴할 듯이 타오른다. 그때 한여름의 뜨거운 태양빛은 산산이 부서진 록탈관의 무수한 파편에 부딪히고 반사되어 똑같이 무수한 수의 날카로운 금색 화살이 되어 내 몸을 쩔렀다. 그리고 공허하게 끝없이 펼쳐진 내 마음의 창공에는 허무한 빛이 넘치는 가운데 수많은 검은 맹수가 난무하고, 살을 에듯이 계속 포효한다.

"그때 너는 어땠어?"

"그때 너는 어땠어?"

지은이 **시바타 쇼**

1935년 도쿄에서 태어났다. 도쿄대 독문과를 졸업, 동 대학원 석사과정을 수료했다. 1960년 동인지에 발표한 단편소설 「록탈관 이야기」가 『문학계』에 전재되어 아쿠타가와상 후보에 올랐다. 1961년 석사논문을 고쳐 쓴 『친화력 연구』로 괴테상을 수상, 이듬해 독일 유학을 떠났다. 1969년 동 대학 조교수로 취임했다. 교수, 문학부장을 역임하고 1995년 퇴임 후 명예교수로 있다. 1964년 『그래도 우리의 나날』로 제51회 아쿠타가와상을 받았다. 이후 젊은이들의 압도적인 지지로 2018년 11월 기준 139쇄 발행, 189만 7700부의 판매를 기록하면서 1960년대, 70년대의 최고의 베스트셀러가 되었다.

옮긴이 **권남희**

일본문학 전문 번역가. 옮긴 책으로 『인간실격』『빵가게 재습격』『반딧불이』『샐러드를 좋아하는 사자』『저녁 무렵에 면도하기』『카모메 식당』『달팽이 식당』『애도하는 사람』『평범한 나의 느긋한 작가생활』『종이달』『배를 엮다』『누구』『츠바키 문구점』『모모요는 아직 아흔 살』 외 250여 권이 있다. 지은 책으로 『번역에 살고 죽고』『길치모녀 도쿄헤매기』가 있다.

문학동네 세계문학

그래도 우리의 나날

1판 1쇄 2018년 12월 10일 | 1판 7쇄 2024년 1월 2일

지은이 시바타 쇼 | 옮긴이 권남희
책임편집 강윤정 | 편집 김봉곤 김영수 황예인 | 모니터링 이희연
디자인 강혜림 유현아 | 저작권 박지영 형소진 최은진 서연주 오서영
마케팅 정민호 서지화 한민아 이민경 안남영 왕지경 황승현 김혜원 김하연 김예진
브랜딩 함유지 함근아 고보미 박민재 김희숙 박다솔 조다현 정승민 배진성
제작 강신은 김동욱 이순호 | 제작처 영신사

펴낸곳 (주)문학동네 | 펴낸이 김소영
출판등록 1993년 10월 22일 제2003-000045호
주소 10881 경기도 파주시 회동길 210
전자우편 editor@munhak.com | 대표전화 031) 955-8888 | 팩스 031) 955-8855
문의전화 031) 955-3576(마케팅) 031) 955-2678(편집)
문학동네카페 http://cafe.naver.com/mhdn
인스타그램 @munhakdongne | 트위터 @munhakdongne
북클럽문학동네 http://bookclubmunhak.com

ISBN 978-89-546-5390-9 03830

www.munhak.com